pendo pocket

Ffm, Mai 01

Zu diesem Buch

Erzählt wird eine Familiengeschichte in der ersten Hälfte unseres Jahrhunderts. Die Atmosphäre im Haus der Familie Winter ist bedrückend. Das ungelebte Leben mehrerer Generationen scheint körperlich spürbar zu sein. Im Zentrum des Romans steht die Beziehung des Mädchens Elin zu seiner Großtante. Lydia ist um ihr Leben als verheiratete Frau betrogen worden. Erst in der Hochzeitsnacht hat sie erfahren, daß ihr Mann homosexuell ist und sie nur wegen des Geldes geheiratet hat. Elin verändert ihr einsames Leben. Gekonnt verknüpft die Autorin die Schicksalsfäden der großen Familie, schildert in knapper Sprache ihr Leben in der Vor- und Nachkriegszeit und findet starke, einprägsame Bilder für ihre Nöte und unausgesprochenen Ängste. Dabei gelingt es ihr in bemerkenswerter Weise, auch der Perspektive des Kindes gerecht zu werden. Mit ihrem Erstling hat sich Christina Buchmüller viel Anerkennung und einen festen Platz in der Schweizer Literaturszene erworben.

Christina Buchmüller, geboren 1948 in Zofingen, lebte fünfzehn Jahre in Paris. 1991 kehrte sie in die Schweiz zurück, um »Winterhaus« zu schreiben. Für den Roman erhielt sie den Förderpreis des Kuratoriums des Kantons Aargau und den Preis der Schweizerischen Schillerstiftung 1997. Veröffentlichungen in Zeitschriften und Anthologien.

Christina Buchmüller

Winterhaus

Roman

Pendo
Zürich München

pendo pocket 13
Pendo Verlag AG, Zürich 1998

Umschlagentwurf: Federico Luci
Umschlagabbildung:
Walter Gramatté (1897–1929)
Musizierendes Mädchen
(Mädchen am Harmonium),
Öl auf Leinwand, 1922
durch Vermittlung der Galerie
Remmert und Barth, Düsseldorf
Druck und Bindung:
Clausen & Bosse, Leck
Printed in Germany
ISBN 3-85842-513-3

Erzählen, das heißt: wahrheitsgetreu zu erfinden
auf Grund eigener Erfahrung. Christa Wolf

Die Familie Zumbach-Zumbach

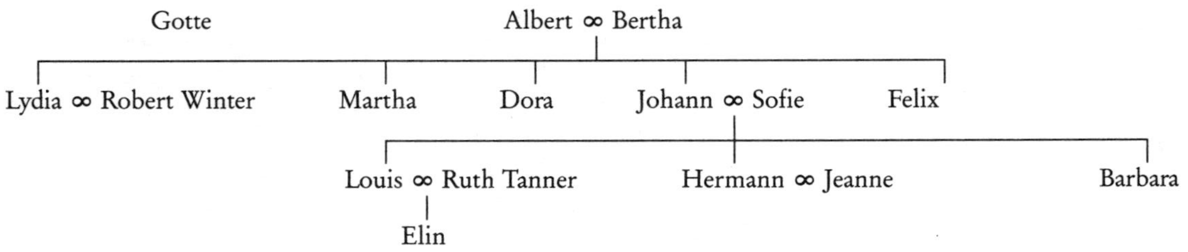

Die Familie Tanner

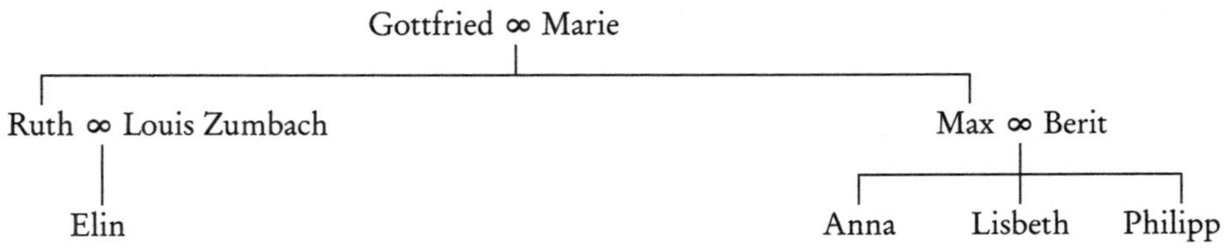

Einzug ins Winterhaus

Es war acht Uhr, als der Kopf des Kindes erschien.

Noch brannten die Straßenlampen und warfen ein bleiches Licht auf die Bäume vor dem Krankenhaus. In den Ästen hing gefrorener Schnee und drückte sie hinab.

Ruth hörte nicht auf die Worte des Arztes, er log; es ging nicht, sie war zu eng. Die Wehen dauerten seit dem Vortag, das Kind tötete sie. Dann spürte sie das Reißen ihres Schoßes, der unerbittliche Lärm in ihrem Kopf war plötzlich verstummt. Jetzt lag sie im lauen Wasser des Teiches mit dem Sommerhimmel über sich, ihre Augen schmerzten, sie sehnte sich nach Dunkelheit, aber sie kannte ihre Pflicht, wartete. Erst als sie den Schrei vernahm aus großer Entfernung, ließ sie sich sinken bis auf den Grund.

Da es ein Sonntag war, rutschte Lydia auf Knien Stufe um Stufe die Treppe abwärts. Pünktlich zum Ausläuten der Kirchenglocken war sie unten angelangt. Es roch nach Bohnerwachs, das Holz schimmerte makellos.

Um halb zwölf würde sie mit dem Kochen beginnen, bis dahin hatte sie Zeit; sie beschloß, in der Laube zu warten. Sonst betrat sie diesen Ort erst am Nachmittag, aber heute ging alles drunter und drüber, das Ritual war gestört.

Seufzend setzte sie sich auf die Bank, ihr Körper war steif, die Beine schmerzten, bei diesem Wetter plagte sie die Gicht. Immerhin, die Treppe war geputzt. Befriedigt betrachtete Lydia ihre geschundenen Hände, die jetzt auf dem groben Stoff der Schürze lagen.

Nichts regte sich im Haus, nur die Uhren tickten, und auf der Gasse verschluckte der Schnee jedes Geräusch.

Louis stand unter der Türe. Sie hatte ihn nicht kommen hören.

«Es ist ein Mädchen», sagte er.

Unrasiert sah er zum Erbarmen aus. Die obere Hälfte seines Schädels war kahl, seine Haare hatte er schon in der Rekrutenschule verloren, geblieben war ihm ein tiefsitzender magerer Kranz. Einzelne Strähnen daraus pflegte er quer über die Glatze zu kleben mit der ihm eigenen Bedächtigkeit, aber nun hingen sie in den Hemdkragen, der offen war und nicht mehr ganz rein.

Nicht einmal den Schnee hatte er von den Schuhen geklopft, er stand in einer Pfütze; die Treppe mußte voller Flecken sein.

Gegen ihren Willen lachte Lydia.

«Zieh die Schuhe aus und geh dich waschen. In einer Stunde wird gegessen.»

Bei Tisch bestürmte Robert den Neffen mit Fragen und nötigte ihn, auf das Wohl des Kindes zu trinken. «Und auf die Mutter!» rief er und zwinkerte ihm zu.

Verlegen hob Louis sein Glas, bedeckte es aber sogleich mit der flachen Hand, als der Onkel ihm nachschenken wollte. Wieder sah er Ruth vor sich, wie sie dagelegen hatte mit wächsernem Gesicht, das dunkle Haar übers Kissen gebreitet, fremd. Er hatte nicht gewagt, sie zu berühren, im Zimmer war es kalt gewesen. Der unsinnige Gedanke, daß sie vor ihm zurückgeschreckt wäre, quälte ihn erneut.

Lydia kam aus der Küche, der Duft des Bratens stieg ihm in die Nase. Plötzlich war sein Kopf vom Druck befreit, er hatte Hunger, alles war, wie es sich gehörte. Ein zweites Stück Fleisch aber versagte er sich; rechtzeitig erinnerte sich Louis an das Wort, das Gott ihm für den heutigen Tag bestimmt hatte. «Darum umgürtet die Lenden eures Gemüts, seid nüchtern und setzt eure Hoffnung ganz auf die Gnade ...» So hieß die Losung, daran hielt er sich.

Die Mahlzeit war beendet. Robert faltete seine Serviette, schob sie in den Silberring und stand auf.

«Wart auf mich», sagte er, «ich begleite dich.» Es war ein Befehl, Robert duldete keinen Widerspruch. In Hut und Mantel kam er zurück; er trug jetzt den neuen hellgrauen Anzug, die Farbe stand ihm ausgezeichnet. Er war ein schöner Mann, und er roch wie eine Nelke.

Lydia war bei seinem Eintreten verstummt. Dicht unter ihren schrägstehenden Augen hatten sich Flecken gebildet, kreisrund glühten sie im bleichen Gesicht. Sie schaute nicht auf, sie mied seinen Blick. Robert kannte die Anzeichen, so war es recht. Zusammen mit Louis verließ er das Haus, noch auf der Treppe begann er durch die Zähne zu pfeifen; die schmutzige Spur war ihm nicht entgangen. Augenblicklich versetzte sie ihn in Festtagslaune.

Den Nachmittag verbrachte Lydia in der Laube. Es war der einzige helle Ort im Haus, ungehindert drang das Licht durch die verglasten Wände. Für Möbel gab es kaum Platz, der Raum war lang und schmal, nur die Zwillingsbänke aus Otzwil standen aneinandergereiht, dazwischen das runde Tischchen ihrer Mutter und bei der Türe der gekachelte Ofen. Die Sitzfläche der Bänke ließ sich aufklappen, darin verwahrte Lydia die Schätze ihres Lebens.

Wahllos durcheinander lagen sorgsam verschnürte Briefbündel neben vergilbten Dokumenten, schwarzumrandeten Todesanzeigen, Schreckensnachrichten und Glückwunschkarten; und wahllos las Lydia, was ihr in die Hände fiel. Jede Zeile hatte Gewicht und Wert, war Botschaft des Vergangenen und Beweis ihres Daseins.

Aufrecht und steif, wie man in der Kirche sitzt, saß sie auf der harten Bank aus blondem Holz, in ihrem besten Kleid, das Haar frisch geflochten und kunstvoll zur Krone aufgesteckt, bis die schweren Schritte Roberts sie zusammenfahren ließen. Dann war es Abend, so verging die Zeit. Immer stand eine Schale Wasser auf dem

Tischchen bereit, darin kühlte sie ihr brennendes Gesicht. Um keinen Preis sollte er sehen, daß sie geweint hatte.

Tausend Sonntage seit ihrer Hochzeit! Sie hatte sie gezählt, darüber führte sie Buch: tausend Sonntage würden es sein im Oktober, wenn sie jene in Otzwil mitrechnete – ein Dutzend vielleicht im Laufe der Jahre –, verschattet waren sie alle.

Vor einem Monat erst war sie nach Hause gefahren wie jedesmal, wenn ein Unglück die Familie getroffen hatte; zu Doras Beerdigung, kurz nach Weihnachten.

Nach Hause! Dora war schuld, daß alles verloren war, verraten und verkauft. Toten muß man vergeben, aber als sie den hämischen Ausdruck sah, den die unselige Schwester selbst im Sarg behielt, konnte sie es nicht.

Und mit diesem Gesicht lag sie jetzt unter dem Boden. Bis zuletzt hatte Lydia erwartet, sie würde gegen den Deckel schlagen, den die Männer endlich zunagelten, so lebendig kam sie ihr vor. Als ob sie lauerte.

Keines der Geschwister hatte geweint, sie waren unter sich. Von der Verwandtschaft war niemand gekommen außer Louis.

Der gute Louis. Immer gab er sich Mühe, allen mußte er es recht machen. Streit hatte er schon als Knabe nicht ertragen, und gerade davon gab es genug, damals wie heute.

Lydia ertappte sich dabei, wie sie durchs Fenster starrte. Es schneite nicht mehr, der Himmel war durchsichtig, leer bis auf die milchige Sichel des neuen Mondes.

Noch war es hell, sie versuchte zu lesen, aber ihre Gedanken schweiften ab und kreisten jetzt ums Kind. Nicht einmal seinen Namen wußte sie, den hatte Louis nicht erwähnt, es hätte ja ein Bub werden sollen, unbedingt. Gleichviel, ein Kind brachte Unruhe ins Haus und Arbeit, vor allem für Lydia.

Mit dieser Heirat hatte Lydia sich nur schwer abgefunden und war wohl zu Beginn hart gewesen zu Louis' Frau. Sie besuchte sie nicht; es galt, das Gesicht zu wahren.

Als Ruths Bauch auch im zweiten Jahr flach blieb, nahm Louis seine Visiten wieder auf. Zu den Mahlzeiten kam er nicht, das war nicht möglich, doch abends, vor dem Schlafengehen, saß er wie früher bei Lydia in der Küche, trank ihren schwarzen Tee und ließ sich mühelos zu den Leckerbissen überreden, die sie nur für ihn bereit hielt. Das versöhnte sie. Was Ruth allein im oberen Stock machte, hütete sie sich zu fragen.

Als die junge Frau dann doch guter Hoffnung war, hörte Lydia sie seltener weinen. Manchmal spielte sie nun Klavier und gegen Ende der Schwangerschaft sang sie dazu. «Es ist ein Ros entsprungen», drang die weiche Stimme bis hinunter in die Küche, Ruth sang immer dasselbe Lied.

Das war im Advent.

Das Kind wurde zu Weihnachten erwartet, zum Heiligen Abend, daran glaubte Ruth. Es sollte ein Christkind sein. Es kam anders, um volle vier Wochen verzögerte sich die Geburt. Statt dessen starb Dora Zumbach ihren unbegreiflichen Tod.

Das Schlafzimmer war geschmückt. Neben dem bescheidenen Strauß ihres Mannes, ein paar Tulpen mit viel Asparagus – beides mochte Ruth nicht –, stand auf der Waschkommode ein üppiges Rosenbouquet, und auf dem Nachttisch eine Silberschale mit raren Früchten. Verblichene Seidenbänder zierten die Wiege, und sie sah, daß Kissen und Decke mit der Wäsche der Zumbachs bezogen waren. Sie setzte sich vorsichtig, den Säugling an sich gedrückt; er weinte nicht, auch das war ein gutes Zeichen, und ihr wurde leichter ums Herz.

Ungern war sie ins Haus zurückgekommen. Das Haus war zu groß, und dennoch gab es darin keinen Platz für sie. Es war düster, auch am Tag von Schatten bewohnt, die in Winkeln lauerten und hinter der Tür. Nachts schlichen sie sich in ihre Träume, und wenn sie schreiend erwachte, hockte ein Wesen auf ihrer Brust und nahm ihr den Atem. Erst das Licht der Nachttischlampe verscheuchte es.

Louis zu wecken half nicht, er glaubte ihr nicht. Allein lag sie im Dunkel. Das Haus war nicht still, wenn sie lange genug lauschte: Es regte sich, es *atmete*, war lebendig und böse. Über jeden Traum sann sie nach, jeden behielt sie; so reihten sich die Nachtgespinste wie Steine am Ufer nach der Flut.

Als sie das Kind erwartete, blieb der Alpdruck aus. Die Nächte wurden samtig, die Schatten verkrochen sich tief in ihre Ecken; das Kind schützte sie. Doch jetzt hatte sie es auf die Welt gebracht, ins Haus.

«Ich möchte, daß du Lydia holst», sagte Ruth. Diese Bitte war Louis unangenehm. Die Tante würde sich weigern, mit einer Ausrede und jenem kalten Lächeln, mit dem sie ihn für Ruths Dasein bestrafte. Zögernd verließ er das Zimmer, das so anders wirkte als sonst. Auch seine Frau war anders; er verstand es nicht.

Lydia stand unter der Gangtür im ersten Stock, besuchsbereit. Sie war in Schwarz gekleidet wie immer, nur daß sie heute einen hellen Kragen trug. Dieser außergewöhnliche Kragen brachte Louis ganz aus der Fassung, und er starrte ihr nach, bis sie im Halbrund des Treppenabsatzes verschwand. Lediglich ein Nicken hatte sie ihm gegönnt, kein einziges Wort.

Katzengleich ging Lydia, lautlos, auf der Hut; so bewegte sie sich im Haus, selbst wenn man sie rief.

Bei ihrem Eintreten fuhr Ruth zusammen. Immer war Lydia ihr furchtbar gewesen; heute zwang sie sich, ihrem Blick standzuhalten, sah ihr strenges Gesicht, die übergroße Gestalt. Weit über fünfzig mußte Lydia sein, aber sie war alterlos und schön, schrecklich schön. An den Erzengel Gabriel mußte Ruth denken und kam sich nichtig vor, bis sie sich auf das Kind besann.

«Hier ist Elin», sagte sie.

Das Kind wachte auf, weil fremde Arme es hielten; so sah Lydia seine Augen. Diese Farbe würde bleiben, darin kannte sie sich aus: es waren ihre Augen.

Also ging es doch weiter mit den Zumbachs. Reglos betrachtete sie den Säugling. Nichts war zu Ende. Sie empfand Angst und unbändigen Stolz. Über Mutter und Kind hinweg starrte Lydia an die Wand.

Patin und Namen des Kindes hatte Ruth bestimmt, die Wahl des Paten überließ sie ihrem Mann.

Es gehörte sich, daß er den Schwager anfragte, aber Max mit den sanften Augen, die so sehr denen Ruths ähnelten, war im Ausland, weit oben im Norden; es hieß, er habe eine Verlobte dort.

Übrig blieb Louis' Bruder. Das war unangenehm, man wußte nicht recht, was von ihm zu halten sei.

Vor einem Jahr erst war Hermann entlassen worden – dünn, noch größer –, aus einem Lager Rußlands. In der Schweiz wurde ihm der Prozeß gemacht. Daß er damals minderjährig gewesen war, rettete ihn vor dem Gefängnis. Die Geldstrafe bezahlte Robert, zur Verwunderung der Familie, einzig Lydia kannte den Grund. Der Hochaufgeschossene, den man beharrlich Hermännchen nannte, war mit siebzehn abgehauen, statt nach Otzwil zurückzukehren, im August 1939, um den Duce zu sehen und ihm beizustehen. Dann brach der Krieg aus, und er war mitmarschiert, freiwillig, geblendet von den tausend kommenden Jahren des Siegs und Heils.

Robert hatte ihm während der Sommerferien den Weg gezeigt. Aber er war nicht allein gegangen, er hatte

Viktor mitgenommen, den bevorzugten, vom Onkel verhätschelten Fremden.

Mit Viktor stieg der Onkel auf den Dachboden, band ihm ein Seil um die Hüften und versprach, ihn nicht fallen zu lassen. Mit Pinsel und wasserfester Farbe durfte er das Hakenkreuz auf den Südflügel des Daches malen, groß genug, daß die Deutschen im Flugzeug es sehen konnten, auf jeden Fall. Bei den Unterweisungen hingegen wurde Hermann geduldet, das störte den Onkel nicht, die Begeisterung beider Buben war ihm Elixier, auch wenn sie vorwiegend Mussolini galt, dem neuen Römer, wie sie ihn nannten. Auf Details kam es Robert nicht an – seit dem Pakt von Berlin gehörte Italien ohnehin zum Reich –, ihm ging es darum, daß der Funke übersprang. Auf Viktor. Ihn wollte er lehren und formen nach seinem Bild. Robert zählte sich zur Herrenrasse, Hitlers Aufstieg bereitete ihm tiefe Genugtuung.

In seinem Warenlager führte er eine Kollektion SS-Ringe und andere Insignien, versehen mit dem Totenkopf aus massivem Silber. Interessenten dafür gab es genug, die Kunden erkannte er, ohne sich jemals zu täuschen.

Als die Buben verschwanden – ihre Spur verlor sich in Roberts geliebtem Tessin –, entstand böses Gerede in der Stadt. Er bekam Schwierigkeiten mit den Behörden, doch Robert wußte ihnen zu begegnen. Nichts war ihm nachzuweisen, rein gar nichts.

Die Zumbachs machten viel Aufhebens um den dummen Jungen, der ihnen bis dahin eher gleichgültig gewesen war. Viktor aber, das Fürsorgekind, wurde von niemandem vermißt, außer von Robert. Sein Verlust traf ihn schwer, und er hatte Mühe, sich nicht zu verraten.

Lydia jedoch achtete auf das geringste Zeichen. Mit der Geduld der Wissenden beobachtete sie ihn, sah das unmerkliche Zittern der Hände, sein Atemholen auf der Treppe, die kleinen Beschwerden, die sich einnisteten. Auch ein Herrenmensch mußte sterben. Robert war älter geworden, müder, bald würde sein Charme nicht mehr ausreichen, neue Buben zu gewinnen. Viktor war der letzte gewesen, das wußte sie, von jetzt an würde er teuer bezahlen müssen. Nur im Haus herrschte er weiterhin uneingeschränkt.

«Das Kreuz bleibt», sagte er beim Untergang des Dritten Reiches; daß Hitler und Viktor tot waren, weigerte er sich zu glauben.

Erst nach dem Prozeß besuchte Hermann die Familie. Unangemeldet tauchte er bei den Winters auf, zur Mittagszeit. Hermännchen aß geräuschvoll, er verschlang Unmengen, mit peinlicher Hast. Zwischen den Gängen redete er mit Lydia, erzählte wirr durcheinander, ohne auf ihre Fragen einzugehen. Es dauerte lange, bis er satt war und Robert ihn endlich ins Bureau bitten konnte. Ein metallischer Glanz war in den Augen des Neffen, und es schien, als gönnte er ausgerechnet dem Onkel das

Wort nicht. Nervös saugte er an seiner Lippe – diese Gewohnheit hatte er beibehalten. Setzen wollte er sich nicht. Robert zwang sich, höflich zu bleiben, Hermann wußte um Dinge, die ihm auch jetzt noch schaden konnten, aber er merkte bald, daß ihm keine Gefahr drohte: vor ihm stand ein Dummkopf, ein Schulbub mit Greisengesicht, und ein verstockter dazu. Ungeduldig entließ er ihn. Unter der Tür blieb Hermann stehen und fixierte ihn sekundenlang.

«Was gibt's?» fragte Robert. Er fühlte, wie plötzliche Kälte seine Seite erfaßte und zum Herzen kroch. Ihn fror.

«Ich habe ihn verbluten sehen», flüsterte Hermännchen.

Im Korridor stieß er mit seiner Tante zusammen, sah die Flecken auf ihren Backenknochen und verstand, daß sie gelauscht hatte. Schweigend ließ er sich mitziehen, erst in der Küche brach er in sein ungestümes Kinderkichern aus. Und Lydia lachte mit, bis ihr die Tränen kamen.

Nach diesem Auftritt behandelte Robert den Neffen mit eisiger Höflichkeit die wenigen Male, die er ihm begegnete. Nicht, daß er ihm das Haus verboten hätte, aber Hermann ließ sich selten sehen und verkehrte endlich nur noch schriftlich mit dem Winterhaus. Der Himmel mochte wissen, wo er sich herumtrieb, ein unbeständiger Mensch mit wechselnder Adresse, der von der Hand in den Mund lebte; etwas Rechtes hatte er ja nicht gelernt.

Lydia tat er leid, und Louis machte sich Sorgen. Er verstand nicht, weshalb der Onkel kein Interesse an Hermanns Schicksal zeigte: er gehörte doch auch zur Familie.

Oft blieben ihre Briefe unbeantwortet; Hermännchen war unterwegs oder die Neuigkeiten paßten ihm nicht.

Einmal, im Dezember, rief er an, aus dem Welschland, und verlangte Louis zu sprechen.

«Gratuliere», sagte er, «ist das Kind schon da? Schade. Ich verreise, nein, du wirst schon sehen; Geheimsache, ja, ja» – er kicherte –, «natürlich melde ich mich.»

Hermann Zumbach verschwand. Die Nachricht von Doras Tod erreichte ihn nicht. Er hielt Hochzeit, während man sie zu Grabe trug.

Lydia war früh aufgestanden, die Treppe mußte auch heute geputzt werden. Den Festtisch hatte sie in der hinteren Stube gerichtet; eigentlich war es Roberts Zimmer, BUREAU stand in schwarzen Lettern auf dem Emailschild über dem Eingang. Der Raum lag zum Hof hinaus, links von den Fenstern führte eine verglaste Tür in die Lauben.

Seit ihrer Trauung hatte sie die Stadtkirche nicht mehr betreten. Auch heute fiel es ihr schwer, aber es war an ihr, das Kind zu tragen.

Elin Lydia, sagte der Pfarrer. Er war alt geworden und langsam, nur seine Stimme klang wie damals. Mit ihm und seinem Gott hatte Lydia nichts zu schaffen. Sie gönnte ihm keinen Blick, sie sah auf das Kind, das er ihr endlich in den Arm zurücklegte. Jetzt weinte es nicht mehr.

Es war Juni, es regnete seit Wochen zum ersten Mal. Unter Schirmen ging die Taufgesellschaft den kurzen Weg zum Winterhaus.

Hermann war ohne seine Frau erschienen, aber noch vor dem Essen holte er ein Bild aus der Brieftasche, das ihn neben einer Dame zeigte. Sie hätte seine Mutter sein können, und sie überragte ihn um eine halbe Kopflänge. Ihre Augen schauten streng. Er aber stand unerschrocken an ihrer Seite, hielt ihre mächtige Hand und schien sich zu freuen.

Der Anblick des ungleichen Paares ließ die Anwesenden verstummen. Unter verlegenem Hüsteln reichte man sich die Fotografie weiter. Gegen seine Gewohnheit schwieg auch Robert, er hütete sich, den Neffen zu verspotten. Die Dame war begütert, er hatte sich erkundigt. Ihn wunderte nur, daß Hermann sie überhaupt gekriegt hatte.

«Schade, daß du sie nicht mitgebracht hast», sagte er endlich in wohlwollendem Ton, «gerade zahlreich sind wir ja nicht.»

Bei diesen Worten zuckte Louis zusammen, eben war er noch bereit gewesen, den Bruder zu verteidigen, und jetzt wurde er selber vom Onkel ins Visier genommen. Natürlich waren sie nicht zahlreich, wie konnte es anders sein.

Die Schwiegereltern waren die einzigen Gäste neben Hermann. Man lebte in Unfrieden bei den Zumbachs, selbst Martha fehlte, Lydias Schwester. Ausgerechnet beim Begräbnis hatten sich die beiden zerstritten.

Louis graute, wenn er daran zurückdachte, wie die Verwandten dagesessen hatten mit weinheißen Köpfen und trockenen Augen, vorwurfsvoll gegen sich und die tote Dora. Sein Vater hatte den ganzen Tag kein Wort geredet, auch mit ihm nicht. Sie waren sich fremd; nach der Scheidung hatten Louis und Hermann bei der Großmutter gelebt, im Doktorhaus, zusammen mit den Tanten. Eine Zeitlang wenigstens. Den Vater hatte er kaum mehr gesehen, im Dorf ein paarmal, in der Villa nie. Er hatte ihm nicht gefehlt, mit der Trennung von der Mutter aber hatte sich Louis nie abgefunden, als Bub nicht und heute nicht. Es war Vaters Schuld, er vergaß es ihm nicht. Vielleicht war es besser, daß er nicht zur Taufe erschienen war, und doch schmerzte es ihn, und er ärgerte sich über den Bruder, der grundlos kicherte.

Robert hingegen freute sich: Hermännchen in die Tasche zu stecken, schien noch immer ein Kinderspiel. Jetzt konnte er sich um die andern kümmern, schließlich wurde gefeiert.

Als er sah, daß Gottfried Tanners Glas leer war, stand er lächelnd auf, um ihm vom Portwein nachzuschenken; der wenigstens wußte einen guten Tropfen zu schätzen.

Tanner saß neben seiner Tochter auf dem Kanapee, ein Platz war noch frei. Seine Frau Marie hatte mit einem Stuhl vorlieb genommen. Bescheiden, im billigen Baumwollkleid, das dünne Haar straff im Nacken verknotet, schwieg sie, immer im Schatten ihres lauten Mannes.

Gottfried stammte aus kleinsten Verhältnissen, Verdingbub war er gewesen, ein Nichts, und hatte sich heraufgearbeitet, zäh, mit Schläue und Sinn fürs Geschäft.

Darauf war er stolz, er schämte sich seiner Herkunft nicht; seine Manieren blieben ungeschliffen, sein Lachen kam aus der Mitte, er liebte das Leben und die Schweiz.

Und endlich konnte er auch mit Ruth zufrieden sein, lange genug hatte er sich gedulden müssen. Es hatte an Louis gelegen. Mit den Zumbachs stand es nicht zum besten, das hatte Gottfried einsehen müssen. Als er Ruth verheiratete, wußte er von Schicksalsschlägen, geschmälertem Vermögen, von Absonderlichkeiten; es hatte ihn nicht geschreckt, er hatte sich blenden lassen vom Glanz ihres Namens.

Aber nun war ein Kind da und Gottfried besänftigt. Jetzt fiel es ihm leichter, sich mit der Familie abzufinden, selbst Robert Winter nahm er in Kauf, diesen parfümierten Schwätzer, der unbedingt mit ihm anstoßen wollte.

Der Küchendünste wegen blieb die Durchreiche zur vorderen Stube geschlossen, nur gedämpft drangen Wortfetzen und sogar Lachen zu Lydia.

Sie hatte nicht zugelassen, daß die Frauen ihr halfen, auch Ruth nicht, auf keinen Fall. Helen ging ihr ja zur Hand im Haushalt, seit Robert sie nicht mehr als Ladenhilfe duldete, aber an diesem Tag stand sie ihr nur im Weg. In ihrer Kopflosigkeit hatte sie gar das Salz mit dem Zucker verwechselt. Natürlich gehörte eine Prise Zucker in den Salat, eine Prise, keine Handvoll.

In der Küche konnte Lydia niemand etwas vormachen; eisern hielt sie sich an die Regeln Otzwils, und sie fuhr gut damit.

Seit genau drei Stunden köchelte der Ochsenschwanz in seiner Brühe, jetzt war er gar; einzig das Gläschen Madeira und die Petersilie fehlten noch, damit wartete Lydia bis zum letzten Moment. Vorerst galt es, die Pastete aufzuschneiden, dann konnte sie zu Tisch bitten. Zwischen den Gängen würde sie Zeit finden, die abgekühlte Kapernsauce über die Kalbszunge zu verteilen und noch einmal das Kartoffelpüree umzurühren; es mußte Blasen werfen, anders gab sie sich nicht zufrieden.

Die Uhren schlugen Mittag, sie war soweit. Noch trug sie ihre Arbeitsschürze, sie merkte es nicht, sie lachte, als sich Gottfried bei ihrem Anblick ungeniert den dicken Bauch rieb; Lydia war in ihrem Element.

In der Verschnaufpause zwischen Dessert und Kaffee – nur ein Anstandsrest blieb in der glasverkleideten Silberschale – schob Robert der schönen Mutter ein Paket zu. Seine Komplimente schmeichelten Ruth, sie war stolz auf ihr Kleid mit dem Garbokragen, es stand ihr, und die Schneckenfrisur war ihr heute auf Anhieb gelungen – das Geschenk aber verwirrte sie. Sie wurde rot und schloß die Augen, wie sie es als Kind getan hatte, wenn sie nicht gesehen werden wollte. Es half nicht, alle starrten sie an, sie spürte es, und alle schwiegen.

Beschämt nestelte sie an der Verpackung, erst als die Hitze in ihrem Gesicht nachgelassen hatte, blickte sie scheu zu Lydia. Die Tante nickte ihr zu und lächelte sogar, als Ruth jetzt hastig den kleinen Brillanten an den Finger steckte. Er paßte ihr wie angegossen.

Robert konnte mit sich zufrieden sein, Lydia zum Trotz. Beinahe hätte sie ihm die Freude vergällt mit ihrem Lächeln, das ihm geringschätzig vorkam: immerhin handelte es sich um einen anständigen Stein. Die Hauptsache aber war ihm gelungen, Ruth war ihm neu verpflichtet. Fast ein Jahr hatte er sie in Ruhe gelassen, damit war Schluß. Er brauchte sie.

Die Hoffnungen, die er in Louis gesetzt hatte, erfüllten sich nicht. Er war ein tüchtiger Handwerker, ein Geschäftsmann seines Kalibers würde wohl nie aus ihm werden. Seine Liebe galt den Uhren, das Rätsel eines Stillstands zu ergründen reizte ihn, doch sie zu verkaufen, mit Gewinn, vermochte er nicht.

Seine junge Frau hingegen besaß Sinn für Geld und die Geheimnisse seiner Vermehrung, die Frömmigkeit hinderte sie nicht am praktischen Denken. Schon während der Verlobungszeit hatte Robert sie genau beobachtet und ungeduldig darauf gewartet, daß Louis sie endgültig ins Haus brachte.

Wenige Wochen nach der Hochzeit hatte er sein Ziel erreicht. Ihr apartes Aussehen gefiel den Kunden, sie machte sich gut im Verkaufsraum, und bald diente sie mit Geschick, besser als jedes mühselig anzulernende Ladenfräulein; und sie war billig zu haben gewesen.

Ruth stand nicht ungern hinter dem hohen Tisch aus Mahagoni und Glas, bestrahlt vom Ballsaallicht der vielen Lampen, die den ganzen Tag eingeschaltet blieben. Hier war es hell, hier waren Menschen, hier war sie bis zum Abend in Sicherheit. Die Arbeit lenkte sie ab von ihren Grübeleien. Alles war besser, als oben in der Wohnung zu sitzen und auf die tappenden Schritte im Gang zu achten, zu warten, bis Louis Zeit zum Essen fand.

Die Enttäuschung machte sie schwermütig, sie hatte sich die Ehe anders vorgestellt.

Ruth hatte geheiratet, weil Louis ihr gefiel. Ein Schüchterner mit Prinzipien und eine gute Partie. Er war der erste; dafür hatte ihr Vater gesorgt, der eifersüchtig über die Tochter wachte, bis er sie, vom Pfarrer beraten, mit Zumbach bekannt machte.

Und bald war sie sicher gewesen, daß es sich um die rechte Liebe handelte; die Jahre bis zur Hochzeit waren ihr lang erschienen, sie hatte es kaum erwarten können, als Frau Zumbach ins Winterhaus zu ziehen.

Zuerst hatte sie nichts bemerkt, nur daß es düster war in der Wohnung wie überall im Haus. Es brauchte eben mehr Lampen, und Blumen gehörten in die Zimmer; abends zündete sie Kerzen an. Dennoch war nie genug Licht da. Manchmal meinte sie, die Schatten zu sehen, die es verschluckten, und entsetzte sich.

Aber davon wollte Louis nichts hören, er verbot ihr, von solchen Dingen zu reden. Er war ein anderer geworden, ein Fremder, nicht zu ihr gehörend. Wenn sie weinte, ging er. Über das Kind, das nicht kommen wollte, schwiegen beide.

Ruth wurde dünn in den zwei Jahren. Sie bediente und schenkte den Kunden ihr schüchternes Lächeln, wenn sie die Preisschildchen entziffert hatte, die an roten Fäden an den Schmuckstücken hingen. Apart war sie noch immer.

Als ihre Beine anschwollen und die Müdigkeit wuchs, glaubte sie sich krank.

Eines Morgens wurde ihr schwarz vor den Augen, hart schlug sie mit der Stirn auf die Glasplatte des Ladentisches. Louis und der zweite Uhrmacher trugen sie in den oberen Stock. Beim Erwachen mußte sie an Hirsebrei denken: daß sie in einem Topf Hirse sei, getrennt von der Welt und geschützt.

Das wunderliche Gefühl verließ sie nicht bis zur Geburt, und es dauerte, solange sie das Kind stillte.

Es war ein trockener Frühling, es regnete kaum. Ruths Brüste blieben schwer, aber sie gaben bald weniger Milch. Täglich bat sie die Unsichtbaren um Regen, das würde helfen, alles hing zusammen; so stand es im Buch, das sie heimlich las. Das Wetter blieb schön.

Reumütig verließ Ruth die feinstofflichen Gestalten und geflügelten Wesen des Mystischen Pfades und betete wieder zum Heiland.

Am Morgen war sie vom Regen geweckt worden; er kam zu spät, die Schonzeit war um. Das Haus regte sich.

Lydia hatte ihre Gäste allein gelassen. Sie mußte oben beim Kind sein, deutlich vernahm Ruth die Schritte aus dem Schlafzimmer über ihr, es war ihr nicht recht. Sie sah den Regen schräg gegen die Scheiben fallen, der Wind hatte gedreht und kam aus Südwesten, im Raum war es drückend warm, die Blumen hatten zu welken begonnen. Der Tisch war abgeräumt bis auf die Kaffeetassen, Gottfried Tanner rauchte seine Verdauungsbrissago, das ließ er sich nicht nehmen, das nervöse Räuspern des Schwiegersohnes hatte er augenzwinkernd überhört.

Endlich kam Lydia zurück, sie brachte das Kind, trug es wie in der Kirche auf dem prächtigen Kissen zum Tisch. Beim Anblick seiner Enkelin drückte Gottfried die halbgerauchte Zigarre aus.

«Es wird aufwachen und schreien», rief Robert, «dann ist es mit der Gemütlichkeit vorbei.»

Das Kind schlief weiter, die Hände zu winzigen Fäusten geballt. «Elin muß dabeisein», sagte Lydia, «das Geschenk ist für sie!» und öffnete ein Kästchen, das zwischen den Brüsseler Spitzen des Taufkleides verborgen gewesen war.

Der wasserhelle Diamant spielte ins Saphirblaue, ein Stein von tadelloser Reinheit und höchstem Wert. Es war der Ring ihrer Mutter, den Lydia weitergab ans Kind.

Sie hatte Robert nicht aus den Augen gelassen. Sie sah, was sie sich gewünscht hatte, sah, wie er bebend vor Zorn nach dem Weinglas griff. Als das Glas klirrend zersprang, eines der unersetzbaren Handgeblasenen aus Otzwil, lächelte Lydia. Er hatte als erster den Blick gesenkt.

Der Sommer blieb heiß, das Kind war entwöhnt. Lydia war es, die ihm die Flasche gab und es hütete am Tag.

Ruth wußte, was sie schuldete, und hatte sich nicht gewehrt. Nur nachts gehörte das Kind ihr, aber es hinderte sie am Schlafen, es schrie. Schwermut und Nachtgespenster nahmen erneut Besitz von ihr. Das Kind weinte stundenlang, manchmal schien ihr, es sei von Krämpfen geschüttelt, von Krämpfen der Angst. Der Druck des Hauses lastete auch auf ihm. In der Obhut Lydias aber war es ruhig, ihr schenkte es sein erstes Lächeln.

Abscheuliche Gedanken plagten Ruth. Sie wünschte sich fort aus dem Winterhaus, aber es gab keinen Weg; ihr Leben war hier, gebunden an den Mann, der neben ihr schlief. Sie wurde bestraft, weil sie Louis nicht richtig liebte, sondern ihm böse war, voll von Vorwurf und schlechtem Gefühl. Aber sie liebte den Heiland und

Gott, an ihnen hatte sie sich nicht wirklich versündigt, wenn sie auch eine Weile vom rechten Weg abgekommen war. Das war es nicht! Immer deutlicher spürte sie, daß ihr Unglück einen andern Grund hatte. Es geschah ihr, weil sie den Heiland mehr liebte als Gott, und bei Gott war die Allmacht. Es stand in der Bibel, und auch das Gegenteil. Sie suchte und fand nicht, ihre Verwirrung nahm zu.

Durch das Stehen im Laden bekam Ruth kranke Venen. Häßliche Stränge zogen sich hinauf bis zu den Schenkeln. Die Beine wurden unförmig und schmerzten schon am Vormittag. Sie mußte sie einbinden.

Eines Nachts erwachte sie, weil sie in warmer Nässe lag. Die Laken waren voller Blut; dunkelrot, fast schwarz spritzte es aus einem winzigen Venenloch. Ruth erschrak nicht und rief nicht, sie fühlte sich unsäglich müde und wohl.

Sie starb nicht, das Schreien des Kindes hatte Louis rechtzeitig geweckt.

Lydia pflegte sie, Louis war besorgt, der Onkel machtlos. Bei der geringsten Anstrengung erlitt Ruth einen Rückfall. Kranksein erwies sich als schützende Zuflucht; niemand durfte ihr böse sein, sie war hinfällig und verdiente Mitleid.

Das Haus war seit Generationen im Besitz der Winters. Es stammte, wie die meisten Häuser der Altstadt, aus dem siebzehnten Jahrhundert, zu Beginn des zwanzigsten wurde es umgebaut und aufgestockt. Gänge und Zimmer wurden getäfelt, eine breite, schön geschwungene Treppe ersetzte die wacklige Stiege, derer Robert sich schon als Kind geschämt hatte.

Die ersten drei Etagen glichen sich: eine hohe Stube ging auf die Hauptgasse, der lange Korridor führte an der Küche und am Abort vorbei in ein zweites großes Zimmer, das nach Südwesten wies, zur Hinteren Gasse und auf den steingepflasterten Hof. An der Längsseite dieses Hofes befand sich Roberts Garage. Er war der erste der Stadt gewesen, der ein Auto besaß. Über der Garage lagen die Verandazimmer, die Lauben Lydias; weiter hatte man nicht gebaut: das Flachdach war zementiert worden und bildete die Terrasse des zweiten Stockes. Das komfortable Bad hatte Robert im dritten Stock einrichten lassen; deshalb schliefen die Winters hier, im ruhigen Zimmer zur Hintergasse, das vordere stand leer seit dem Tod der Mutter, wie auch die zweite Etage, bis Louis dort einzog und nach der Hochzeit auch Ruth.

Das Haus verjüngte sich nach oben. Im vierten Stock fehlte der Gang. Windenzimmer nannte man die Mansarden, die früher den Dachstock gebildet hatten zusammen mit dem Vorratsraum. Bohnen und Obst wurden hier getrocknet und verwahrt. Im Frühherbst zog man an schwankenden Seilen das Holz aus dem Hof in die anliegende Kammer. Die schöne Treppe endete im Grossen Boden, Stufen aus rohem Holz führten steil hinauf zum neuen Dachstock. Dieses letzte Zimmer lag hoch über allen Giebeln der Stadt. Nachts schienen die Sterne nahe hinter den blinden Fenstern, das Gebälk ächzte, und dann durchlief ein unmerkliches Zittern die grobgefügten Dielen.

In den ersten Jahren ihrer Ehe war Lydia oft da oben gewesen, jetzt war die Reihe an Ruth. Eine geheime Kraft zog die Frauen an diesen Ort, der nichts Tröstliches hatte; es war ein Ort, wo ein Abgrund sich auftat. Aber er machte den Kopf leer, wie nach langem Weinen, und betäubte das Herz.

Als das Kind drei Jahre alt war, bekam es sein eigenes Zimmer oben bei Lydia. Sie hatte es durchgesetzt; es sei für alle das beste. Wenn das Kind weinen sollte, sei sie ja in der Nähe, und Ruth brauche ihren Schlaf.

Bis auf den weißgekachelten Ofen in der Ecke war die Stube leer: dafür hatte Lydia rechtzeitig gesorgt. Den Umzug überwachte sie mit heißen Wangen, zeigte

Louis, wohin das Bettchen gehörte und die Kommode mit den Siebensachen Elins. Ruth hatte die Puppen gebracht. Das Kind umklammerte Lydias Hand.

Die neuen Vorhänge waren senfgelb mit lustigen Zottelfransen, dennoch war es ein unheimliches Zimmer; das Parkett seufzte bei jedem Schritt.

«Nun bedanke dich schön bei Tante», sagte Louis laut. Das Kind schmiegte sich enger an Lydia und schaute unverwandt zum Ofen hin, es schwieg.

«Es spürt die Alte, aber es sieht sie nicht», dachte Lydia erleichtert. Bis zu diesem Moment war sie im Zweifel gewesen, jetzt war es gut. Das Kind würde sich an die Stube gewöhnen, sie hatte ihr Ziel erreicht; jetzt gehörte ihr Elin auch nachts.

Beim Tod der Schwiegermutter war Lydia vierzig gewesen und ohne Hoffnung. Sie hatte hassen gelernt und die Kunst der Verstellung in den vier Jahren mit Robert. Als er über Pfingsten ins Tessin reiste, um seinen Geburtstag ungestört feiern zu können, schwieg sie. Sie weinte nur, wenn sie allein war. Seine Mutter aber hatte höhnisch gelacht und Unverständliches gemurmelt.

Wenn immer möglich ging Lydia ihr aus dem Weg, aber als auch am Pfingstmontag kein Laut aus der oberen Wohnung zu vernehmen war, zwang sie sich, nach der Mutter zu sehen.

Sie fand sie in der unbenutzten Stube, die einmal Roberts Kinderzimmer gewesen war, da hinauf mußte sie sich nach seiner Abreise geschleppt haben mit letzter Kraft. Es waren die weit aufgerissenen Augen, die sie fürchtete, als könnte dieser gebrochene Blick sich beleben und sie treffen. Hastig trat sie auf die Gestalt zu, die aufrecht im Stuhl saß. Mehrere Male mußte Lydia über die Lider der Toten streichen, bis sie sich schlossen und das Grauen zudeckten.

Die Mutter war im Sterbezimmer aufgebahrt; Robert kam zu spät, um daran etwas ändern zu können.

Die Beerdigung verlief in eisigem Schweigen. Am nächsten Tag sah Lydia, daß die Tote ins Haus zurückgekommen war. Sie blieb. Ihr Dasein galt ihrem Sohn. Als Lydia dies erkannte, ertrug sie ihr Erscheinen gelassener, auch half, daß die Mutter die Lider gesenkt hielt, als herrschte eine Absprache zwischen ihnen; es gab keinen Grund, sich zu entsetzen.

Robert war blind für sie, aber wenn ihre Kälte ihn streifte, lief ein Zucken um seinen verlebten Mund. Einmal hatte Lydia es gewagt, ihn dabei anzusehen; er hatte zu toben begonnen.

Die Gegenwart der Dunklen war unleugbar; man versuchte sie totzuschweigen und bestärkte Ruth im Glauben, der Alpdruck sei Zeichen ihrer angegriffenen Nerven.

Erst das Kind brach das Tabu, als es im Schlaf zu reden begann, und es schien, als gewänne die Schwarze Frau an Macht, seit jemand sie beim Namen genannt hatte.

An Zärtlichkeiten konnte Robert sich nicht erinnern, ihm war, als hätten sie sich nie berührt. Die Mutter war eine Fremde; der Vater starb, als er noch in der Ausbildung war.

Seine Laufbahn war vorgezeichnet: er würde Juwelier sein und reich, er war der einzige Nachkomme.

Er wußte zu warten und hielt sich zurück; als unbescholtener junger Mann trat er sein Erbe an. In der ersten Zeit blieb er auf der Hut, er war Geschäftsmann und wußte um das Gewicht der öffentlichen Meinung; der Mutter gegenüber aber ließ er die Maske fallen.

Robert feierte. In eleganten Hotels und Absteigen, jeder Ort war ihm recht, und dann brachte er seine Freunde ins Haus. Seine Neigung war gepaart mit Verschwendungssucht; die Mutter beschwor ihn, er lachte sie aus. Das Geld gehörte ihm. Ihr Stolz zwang sie zur Komplizenschaft: niemand durfte von der Krankheit ihres Sohnes erfahren, aber sie ertrug nicht, was im Zimmer über ihr geschah, und flüchtete sich hinauf, ins letzte Zimmer unter dem Dach. Hier saß sie wie im Fieber, bis der Morgen kam, keuchend vor Haß. Robert kaufte, was ihm gefiel, und er zahlte den Preis. Entschädigungen bewahrten ihn nicht vor Erpressung, ein beträchtlicher Teil seines Vermögens floß in dunkle Kanäle und verschwand spurlos. Die Buben waren sein Ruin.

Im Laufe der Jahre verlor er an Ansehen, die Banken wurden vorsichtig, das Geschäft ging schlecht. Er war fünfundvierzig, als empfindlicher Mangel an Bargeld ihn zum Handeln zwang.

Von einem Freund ließ er sich bei den Zumbachs einführen, sie galten als Doppelmillionäre, die drei Töchter waren alle noch zu haben, und von der Ältesten hieß es, sie sei schön.

Robert wurde mit höflicher Zurückhaltung empfangen; er gefiel. Die Frau Doktor lud ihn ein wiederzukommen, wenn er in der Gegend sei. Sein zweifelhafter Ruf war nicht bis ins Bernbiet gedrungen.

Bald war er ein gerngesehener Gast, nie kam er mit leeren Händen, er brachte Geschenke für die Damen. Und weiße Rosen für Lydia.

Frau Zumbach sah ein, daß sie einen solchen Mann nicht abweisen konnte, diesmal würde die Tochter sich fügen müssen. Sie fügte sich, lächelnd, schwindlig vor Glück. Sie hatte keine Wahl, sie liebte Robert, liebte zum ersten Mal.

Lydia war sechsunddreißig Jahre alt.

In den Wochen vor der Hochzeit veränderte sich ihr Gesicht, es wurde voller und sehr weich. Ihre Schönheit war besonderer Art; hochgewachsen, zu schmal, entsprach sie nicht dem landläufigen Ideal. Ausgeprägte

Backenknochen betonten ihr ungewöhnliches Aussehen, und überhelle Augen, die weit auseinanderstanden. Die Farbe ihrer Haut war durchsichtig. Als junges Mädchen war sie stolz gewesen auf ihr Haar, es reichte bis zu den Knien; später war es ihr lästig. Sie hätte es abgeschnitten, wenn die Mutter nicht gewesen wäre. Seit Roberts Dasein nahm sie sich wieder Zeit für die zweihundert Bürstenstriche täglich. Die Schwestern durften ihr helfen, die kupferroten Zöpfe im Doppelkranz um den Kopf zu legen. Es sei ihr schönster Schmuck, hatte Robert gesagt.

Am letzten Oktobersonntag 1929 fand die Hochzeit statt, ein Jahr nach Roberts Antrittsbesuch in Otzwil.

Robert hatte sich nicht lumpen lassen, er feierte im unbestritten feinsten Hotel, standesgemäß, mit Freunden und der neuen Verwandtschaft.

Daß seine Mutter fehlte, schien niemanden zu stören außer Frau Zumbach. Diese plötzliche Krankheit war ihr nicht geheuer; man nahm sich doch zusammen an einem solchen Tag. Und dann die Sache mit Albert. Was hatte er ihr sagen wollen gestern nacht? Zum ersten Mal nach langer Zeit war er an ihrem Bett erschienen, mit traurigen Augen. Sie hatte das Bild gewaltsam verscheucht, aber sie mußte in der Kirche daran denken und jetzt, wo man beim Essen war. Hinter dem Jura ging die Sonne unter; in ihren Strahlen war keine Wärme mehr zu spüren, aber ihr Glanz blendete und übergoß die Gesichter mit Gold. Das Licht schien sich in Lydias Haar zu verfangen und verhielt einen zitternden Augenblick. Ganz verklärt sah das Kind aus, ihre schöne Lydia. Natürlich war sie glücklich. Albert hatte ihr grundlos die Freude verdorben, er irrte sich; sie konnte die Tochter getrost zurücklassen.

Mit den Zumbachs hatte sich ein Großteil der Gäste verabschiedet, und bald war der Saal leer. Nur die jungen Leute, die nach dem Kaffee gekommen waren, saßen noch beim Brautpaar. Sie benahmen sich ungezwungen, Lydia kannte keinen von ihnen. Ein Glas Champagner würden sie zusammen noch trinken daheim, sagte Robert – aber sicher hätten sie alle Platz im Auto.

So betrat Lydia das Haus ihres Mannes in Begleitung seiner Freunde.

Robert benahm sich anders als sonst, er lachte sehr laut. Dabei verengten sich seine grauen Augen, ihre Kontur verlor sich in einem Netz nie gesehener Falten; nur die Pupillen blieben starr, winzig wie Stecknadelköpfe.

Lydia umkrampfte ihr Glas, eben war ihr heiß gewesen, jetzt fröstelte sie. Doch plötzlich war Robert wieder der alte; liebevoll tätschelte er ihre Wangen und fragte, ob sie nicht müde sei. Sie stand auf. «Und vergiß dein Bouquet nicht», sagte er.

Im Treppenhaus war es dunkel, sie tastete nach dem Schalter. Robert hatte recht gehabt: ein trübes Sparlicht erhellte notdürftig die Stufen. Er hatte ihr alles über seine Mutter gesagt; wie sie heimlich die Birnen auswechselte aus krankhaftem Geiz und ihm das Leben zur Hölle machte. Böse dürfe man ihr nicht sein, sie sei nicht mehr ganz bei Verstand. Aus diesem Grund war Lydia nur einmal vor der Hochzeit im Haus gewesen. Frau Winters Benehmen war in der Tat absonderlich gewesen. Armer Robert. Aber nun war sie seine Frau; sie würde ihm zeigen, wie eine Zumbach zu haushalten wußte, sie würde sich durchsetzen, zu seinem Wohl.

Das Schlafzimmer befand sich im dritten Stock, den zweiten bewohnte die Schwiegermutter. Lydia erschrak, als sie ihren Schatten hinter der Milchglasscheibe zu erkennen glaubte. Ein wenig unheimlich war sie ihr doch. Die letzten Stufen hinauf rannte sie.

Außer Atem betrat sie das Zimmer und zog sogleich die Schuhe aus. Von der alten Frau gehört zu werden war ihr peinlich.

Ihre Sachen lagen säuberlich gestapelt in den Schubladen der Kommode, die Kleider hingen im Schrank. Dies also war ihr Schrank. Der zweite barg die maßgeschneiderte Garderobe Roberts und roch nach Kampfer. Alles war an seinem Platz, nur ihr Nachthemd, eigens von Maman ausgewählt, konnte sie nicht entdecken. Sie wühlte in ihrer Wäsche, und beim Gedanken, daß Robert ihr dabei zusähe, überlief es sie heiß. Erst jetzt begriff sie, wie taktvoll es von ihm gewesen war, sie vorausgehen zu lassen.

Das Nachthemd lag ausgebreitet auf dem ersten der hohen Betten. Sie wollte bereit sein, bevor er kam, aber die Spiegeltüren der Schränke hielten sie gefangen. Von allen Seiten sah sie sich, ihren Rücken, das Profil, sah sich im schwarzen Kleid mit den Blumen in der Hand. Eine Uhr schlug im Haus, dann viele, Lydia erschrak; es war höchste Zeit. Zum ersten Mal entkleidete sie sich vor einem Spiegel, verlegen vor dem Bild ihres großen bleichen Körpers. Aber als das Haar gelöst war, lächelte sie sich zu.

Im Dunkeln überfielen sie die Geräusche der Nacht. Da war ein Atmen hinter dem eigenen, ein langsameres, aber jedesmal, wenn sie die Luft anhielt, schien es doch nur das Rauschen ihres Blutes zu sein, das ihre Ohren füllte. Steif lag Lydia im fremden Bett.

Sie konnte das Geräusch nicht einordnen, noch klammerte sie sich an die Reste des hellen Traumes: sie war daheim gewesen und hatte für Vater gespielt. Dann erkannte sie Robert.

«Schläfst du?» fragte er. Sie schüttelte den Kopf mit geschlossenen Augen, Robert löschte das Licht.

Die gesteiften Bettücher raschelten, dann war es ruhig. Vollkommen dunkel war es nicht im Zimmer, es mußte gegen Morgen zu gehen. Lydia wagte keine Bewegung. Die Zeit stand still.

Als sie endlich begriff, daß Robert schlief, mit tiefen regelmäßigen Atemzügen neben ihr schlief, stockte ihr

Herz. Kälte kroch von den Füßen herauf. Es war eine ätzende Kälte, sie verbrannte die Haut.

Lydia bäumte sich auf, es half nicht. Wieder sah sie die jungen Leute vor sich, ihre anzüglichen Blicke und Robert, wie er lachte. Sie mußte das Undenkbare zu Ende denken: seine Mutter hatte die Wahrheit gesagt.

Lydia hatte den Brief kurz vor der Hochzeit erhalten und sogleich verbrannt, entsetzt über den Geisteszustand der armen Frau. Auch Robert gegenüber hatte sie geschwiegen, sie hatte ihn nicht beunruhigen wollen.

Die kommenden Nächte würden sein wie diese. Lydia verließ das Bett, Robert bewegte sich und seufzte im Schlaf.

Sie fing zuoberst an, im vierten Stock, da, wo der erste Dachboden begann. Auf den Knien, im weißen Spitzenhemd, arbeitete sie sich hinab. Zweimal acht Stufen hatte jede Etage, der letzte Abschnitt vor dem Erdgeschoß zehn. Sie kam langsam voran, sie weinte; jede Träne deckte sie mit Bohnerwachs zu. Als sie unten angekommen war, hatte sie keine Tränen mehr; die sechsundsechzig Stufen glänzten im Morgenlicht.

Ihre Haut war gefühllos, der Körper taub; die Säure hatte sich weitergefressen, hinein. Dieses Brennen bestimmte von nun an ihr Dasein.

Robert war wach, als Lydia zurückkam. Sie starrte vor Schmutz, ihr Haar klebte in heillosem Durcheinander am Hemd, aber sie stand hoch aufgerichtet mit wasserhellen Augen, die nichts verrieten.

Robert war auf Tränen gefaßt gewesen und bereit zu sorgfältig abgewogenen Erklärungen; ihr Anblick verschlug ihm die Sprache. Er hatte mit ihrer blinden Liebe gerechnet, nicht mit diesem verächtlichen Stolz. Sie würde ihm keine Szene machen und wollte keinen Trost. Er hatte sie unterschätzt.

«Machen wir das Beste daraus», sagte er endlich und streckte seine Hand in ihre Richtung. Um ihr die Sache leichter zu machen, senkte er die Augen und betrachtete die beigen Streifen seines neuen Pyjamas. Im Zimmer blieb es still. Als er verärgert aufschaute, stand Lydia vor dem Schrank. Sie hatte ihm den Rücken zugewandt und riß mit heftigen Bewegungen ein dunkles Schürzenkleid vom Bügel, dann ging sie hinaus.

Lydia war alt geworden in einer Nacht. Ihre Regel setzte aus, es war ihr recht. Eine Zeitlang noch zählte sie die grauen Fäden in ihrem Haar, später ließ sie es sein. Niemals aber verzichtete sie auf das sonntägliche Treppenputzen, Roberts ohnmächtiger Zorn blieb über Jahrzehnte ihr einziger Lohn.

Seltsamerweise war es die Gegenwart des Kindes, die Lydia in frühere Zeiten zurückversetzte.

Seit es redete und die Dinge zu verstehen schien, geschah ihr das Erinnern immer häufiger. Auch daß sie vor ihm weinte. «Komm!» rief es dann und bekam schiefergraue Augen. Unsägliche Angst packte das Kind, wenn Lydia auf diese Art schwieg und eigentlich nicht mehr da war; es konnte sich nicht rühren, im Hals wuchs ihm der böse Klumpen wie im Traum, und es war erst gerettet, wenn sie wieder bei ihm war.

Auch nachts schrie es nach ihr. Es stellte sich nämlich heraus, daß im neuen Zimmer eine fremde Frau wohnte. Tagsüber war nur der Schatten da, hinter dem Ofen, aber wenn das Kind im Bett lag, wurde er lebendig. In der Ecke saß eine Gestalt. Sie war blind. Dennoch begann sie, in seine Richtung zu kriechen, manchmal hüpfte sie, um schneller voranzukommen. Wenn sein Schrei den erstickenden Klumpen durchbrach und endlich laut wurde, wachte das Kind auf, stürzte ins Helle, Lydia entgegen. Blieb der Schrei stecken, versuchte es, ins Treppenhaus zu entkommen. Immer fing Lydia es auf. «Sie tut dir nichts zuleide», sagte sie. Sogleich verschwand die Schwarze Frau zischend in der Ofenecke.

Nun kam das Streicheln an die Reihe, darüber schlief das Kind ein. Daß es am Morgen selten von der Alten redete, beruhigte Lydias Gewissen.

Den kleinen Körper zu halten, zu sehen, was ihre Stimme vermochte, war auch für Lydia Balsam und Wunder. Vergessen geglaubte Empfindungen überwältigten sie, und mit dem Egoismus der Genesenden klammerte sie sich an das Kind, das so spät in ihren Bereich gekommen war.

Sie streichelte es ungeschickt, unendlich vorsichtig. In solchen Nächten war Lydia schwerelos, befreit von den Ketten ihrer Verbitterung. Sie wachte, und wenn sie einnickte, erschrak sie über sich selbst, kämpfte sich zurück, war wieder beim Kind, und glücklich. Dies war nur möglich im Schutze der Dunkelheit, tagsüber beherrschte sie sich und blieb auf der Hut.

Das Auge Gottes

Seine ersten drei Lebensjahre hatte das Kind im Haus verbracht. Wohl gab es die obere Ringmauer, aber man ging selten dahin und nur mit der Mama, Lydia blieb immer daheim.

Die Großmutter tischte Brot auf, nie Kuchen, dafür durfte das Kind die dunkle harte Rinde im süßen Tee tunken. Das schönste war der Geruch: Großvater Gottfried roch nach Leim und Sägemehl, und wenn er nach dem Essen im Ohrensessel neben dem Kachelofen saß, rauchte er seinen Stumpen. Die Stube war niedrig, der Boden mit Linoleum bedeckt, nur in der Nische vor dem Kanapee und Großvaters Stuhl lag ein Teppich; darauf setzte sich das Kind, es liebte Zigarren und den blauen Rauch.

Die Großeltern waren allein, es gab keine anderen Leute, nur die Männer unten in der Werkstatt. An kreischenden Maschinen zerschnitten sie Holz und machten Möbel, so, wie Großvater es ihnen befahl. Er war der Meister. Diese Maschinen lärmten, sonst war es still im Haus, bis Onkel Max einzog mit der Schwedin und Anna.

Das Kind mochte die neue Tante, sie roch nach Milch. Richtig reden konnte sie nicht, dennoch verstand es jedes Wort. Sie hieß Berit, sie lachte, ihr Bauch war dicker als der von Großvater, und sie wohnte nun oben, über ihm.

Elin wußte von sich, daß sie vom Christkind gebracht worden war. Dann bekam sie noch eine Kusine und staunte, daß ein Storch das verschrumpelte Ding in die Wiege gelegt hatte.

Bevor Anna aufgetaucht war, kannte sie keine Kinder, jetzt waren sie zu dritt. Die Welt war gewachsen, sie dehnte sich bis zur Ringmauer. Der Kreis, in dessen Mitte sich Elin befand, war größer geworden.

Atemlos vor Neugier starrte sie auf die geschwollenen Brüste, die Tante Berit aus ihrem Kleid geholt hatte, eine nach der andern, sah das geäderte Fleisch mit der braunen Warze, die gerötet und steif wieder zum Vorschein kam, wenn Bébé Lisbeth endlich von ihr abließ. Fürs Leben gern hätte Elin daran gesaugt.

Beim Gutenachtkuß strich das Kind über Ruths Bluse. «Was sind das für Manieren», sagte sie heftig, «so etwas gehört sich nicht.» Das Kind erschrak und ließ sie los, es weinte nicht, aber in der Nacht mußte Lydia kommen, um es zu retten.

Elin fand Trost. Der Puppe gehörte eine Flasche mit rotem Gummisauger, diese Flasche nahm sie ihr weg; Mama oder Lydia mußten sie mit Kakao füllen, damit setzte sich Elin auf die Treppe und saugte, stundenlang.

Dagegen hatte niemand etwas einzuwenden. Es sei eine Laune, meinte Ruth, im stillen aber gab sie der Schwägerin die Schuld. Sie mochte sie nicht. Jedesmal, wenn sie die sonnige Wohnung im Haus ihres Vaters betrat, beneidete sie die träge, hübsche Schwedin, die so unbesorgt und selbstverständlich zu leben schien.

Ruth schränkte die Besuche an der Ringmauer ein, das Kind bettelte vergeblich. Sein Verlangen nach Berit schmerzte Ruth, bis ein neuer Kummer alles andere verdrängte.

Mit dreißig waren ihre Beine derart häßlich geworden, daß Ruth sie nicht mehr zeigen konnte. Sie verbarg die Krampfadern hinter Bandagen und unter dicken Strümpfen, auch im heißesten Sommer. An guten Tagen tröstete sie sich vor dem Spiegel, noch immer war sie schön mit ihrem Schneewittchengesicht und dem schlanken Hals. Schminke brauchte sie nicht, das war ohnehin etwas für billige Frauen, aber mit ihrem Haar spielte sie und entdeckte das Schmeichelhafte einer neuen Frisur. Sie würde sich die langweiligen Zöpfe abschneiden lassen, morgen schon.

Als sie mit dauergewelltem Bubikopf den Friseursalon verließ, fühlte sie sich wie ein junges Mädchen, aber vor dem Gefängnis – so nannte sie im geheimen das Winterhaus – sank ihr der Mut.

Sie traute sich nicht, durch den Laden zu gehen, und machte den Umweg über die Gasse zum Hofeingang. Hinter den hohen Fenstern der Werkstatt saßen Louis und Herr Bachmann mit ihren Lupen am Metallband um die Stirn. Nur Herr Bachmann sah von der Arbeit auf. Er lächelte.

Ruth beeilte sich. Im Kinderzimmer über der Stube war es still; Elin mußte bei Lydia sein, sie würde erst auf ihr Rufen kommen.

Als sie Louis' Schritte hörte, war das Herzklopfen wieder da, aber er ging, wie jeden Abend, sofort in die Stube. Erst als sie Kaffee einschenkte, hob er den Kopf von der Zeitung. Ungläubig starrte er auf ihr Haar, um seinen Mund zuckte es. «Jetzt bist du nicht mehr die gleiche», sagte er endlich in vorwurfsvollem Ton. Ärger schwang mit und Gekränktsein. Dann aß er hastig, ohne aufzublicken, und schwieg.

Wenn er sie auf diese Weise bestrafte, kamen Ruth immer die Tränen, auch wenn sie wußte, daß er dann aufstand. Heute empfand sie nur Trotz, und sie erlaubte dem Kind, auf ihren Schoß zu klettern; eines der Dinge, die Louis nicht duldete während der Mahlzeit. Ihrem Kind gefiel der Bubikopf, es griff lachend nach den glänzenden Locken und brachte sie durcheinander. Sie ließ es gewähren und versprach ihm, mit hinauf zu kommen und noch ein Märchen vor dem Einschlafen.

Später schloß sie sich im Badezimmer ein. Mit Hilfe von Lydias versilbertem Handspiegel prüfte sie ihr Profil von allen Seiten, bewunderte den freigelegten Nacken. Ohne Zweifel sah sie anders aus, schöner, ob es Louis gefiel oder nicht. Sie streichelte sich mit den Augen, bis ihr Blick im ungewohnten Winkel an der Kehle haftenblieb. Ein Stechen durchfuhr sie, sie ließ den Spiegel fallen und griff sich an den Hals. Es war keine Einbildung, unter ihren Händen pochte eine Geschwulst.

Seit Ruth ihn entdeckt hatte, wuchs der Kropf mit jedem Tag. Louis sah darüber hinweg, wie er es mit ihren armen Beinen tat, er sah nichts. Also schwieg sie, begann ihre Garderobe zu ändern, verbarg den Makel, den sie als Verrat ihres Körpers empfand. Sie ängstigte sich vor jeder Berührung, Louis' Umarmungen ließ sie nur zu, wenn das Licht gelöscht war. Auch vor dem Kind nahm sie sich in acht, sie stieß es zurück.

Über Wochen klammerte sich Ruth an die Hoffnung, der Kropf würde ihr von Gott genommen; er wuchs und mit ihm die Angst, daran ersticken zu müssen. Der Tod hatte nichts Verlockendes mehr wie in der Nacht, als das Blut aus ihrem Bein tropfte, grauenvoll hockte er über ihr, sprungbereit.

Lydia sah die Geschwulst. Sie fragte nichts, sie erriet, daß Ruth sich schämte. Sie hatte kein Mitleid, sie ärgerte sich über die Opferhaltung der jungen Frau, die doch Louis hatte und den Lieben Gott, und Elin. Das war viel, den Kropf würde sie in Kauf nehmen müssen, daran war noch keiner gestorben. Es war das Kind, das Lydia Sorgen machte. Bei jeder Gelegenheit entschlüpfte es ins Treppenhaus und saß auf seiner Stufe.

Elin saugte lauen Kakao durch den Gummilutscher. Sie war klein, klein wie Bébé Lisbeth und lag im weichen Arm der schwedischen Tante. Überall roch es nach Milch.

Sie kam zu sich, weil plötzliches Licht sie blendete.

«Was machst du hier im Finstern?» Ruth war außer sich, beinahe wäre sie über das Kind gestolpert, das mit scheuen Augen zu ihr aufschaute. Es hat Angst vor mir, durchzuckte es Ruth. Ihre Beine versagten, zitternd setzte sie sich neben ihr Kind. Jetzt atmete Elin den Duft aus dem gelben Flakon, der auf der Kommode stand und den man nicht anfassen durfte – und dahinter den andern, traumvertrauten. «Mama», sagte das Kind. Die Mama hielt still und ließ sich streicheln, aber als es den Klumpen an ihrem Hals berührte, erschrak sie und begann zu weinen. Selbst Elin hörte Lydias Kommen nicht, wie aus dem Boden gewachsen stand sie vor ihnen.

«Ich bin krank», sagte Ruth, «bitte hilf mir.»

Lydia lächelte, es fiel ihr leicht; sie hatte sich nicht angeboten, man hatte nach ihr verlangt.

Noch am selben Tag nahm sie die Sache in die Hand.

Von den Ärzten der Stadt hielt sie nichts, Ruth mußte nach Bern, zum Professor, und Lydia, die Reisen verabscheute, fuhr mit.

Der Arzt riet zur Operation. Man konnte den Kropf wegschneiden, Ruth würde wieder sein wie vorher.

Nur Lydia erfuhr die Wahrheit; die Geschwulst konnte bösartig sein, die Zeit drängte. Sie beschloß zu schweigen, auch dem Neffen gegenüber. Aber Louis wollte von einer Operation nichts hören. Er begriff nicht, daß Ruth mit dem Kropf nicht leben konnte. «Er stört mich nicht, laß uns warten», bat er.

Seine Angst tat ihr wohl. Nie waren sie sich so nahe gewesen; sie tröstete ihn, manchmal beteten sie zusammen.

Eines Abends kam er später als sonst, Ruth sah, daß er geweint hatte. Er habe sich bei Lydia versäumt, sagte er mühsam – und mit Bern telefoniert. Der Professor selber werde operieren, in vierzehn Tagen schon.

In dieser Zeit fühlte sich Ruth beinahe glücklich. Befreit von der Angst, ersticken zu müssen, gewann der Tod erneut ein sanftes Gesicht – und dahinter wartete das Paradies. Daran glaubte sie wieder, sie ging an Gottes Hand.

Eines noch mußte sie in Ordnung bringen; ihr eigenes Kind wußte nichts von Gott, es war ihre Pflicht, es auf den rechten Weg zu bringen und ihm alles zu erklären.

Elin war entsetzt. Sie verstand, daß jemand die Mama fortführen wollte, in ein großes schönes Haus. Das sei der Liebe Gott, sagte die Mutter, oben im Himmel, wo auch der Heiland wohne, und daß Sein Wille geschehe. «Er hört uns, wenn wir beten.»

«Immer?» fragte das Kind.

«Immer, wenn es Ihm gefällt.»

Eine Riesenfaust packte Elin und wirbelte sie durch die Luft.

Als Lydia die Schreie vernahm, am hellen Tag, lief sie erschrocken nach oben.

«Laß mich machen», keuchte sie und schob Ruth unsanft zur Seite. Etwas Unausdenkbares mußte dem Kind geschehen sein, daß es schrie wie im Traum.

Sie weckte es, wie sie es Nacht für Nacht tat, rief es beim Namen und streichelte es, bis es zu sich kam. Das Kind wußte keine Antwort auf die besorgten Fragen, es schwieg und schien verwirrt. Als Lydia es hinaustrug, sah sie, daß es eingeschlafen war.

Zum vierten Geburtstag bekam Elin ein Kind. Es roch nach Gummi, hatte richtige Haare und war schwarz, ein Negerkind aus Afrika. Als sie entdeckte, daß es wunderbarerweise trinken konnte, gab sie ihm sofort die Flasche. Elin saß nicht mehr auf der Treppe, sie spielte mit ihren Kindern im Zimmer. Die ältere durfte zusehen, wenn das schwarze Bébé die Flasche bekam und wie der Kakao aus dem Loch zwischen den Beinen tropfte, wenn man den runden Bauch drückte; selber trinken wollte sie nicht, sie hielt den gemalten Mund geschlossen. Nun war die Flasche leer, Elin steckte sie in die Schürzentasche und machte sich auf den Weg. Mit dem Neger im Arm fürchtete sie sich nicht.

Im unteren Stock hörte sie Stimmen aus dem Schlafzimmer, die Türe stand einen Spaltbreit offen. Überrascht sah sie auf die Eltern in Mantel und Hut und erstarrte; Vater trug Mamas braunen Koffer.

«Du mußt jetzt tapfer sein», sagte er, seine Augen waren naß hinter der Brille. Mama weinte nicht. Sie ging, als wäre sie blind, mit tastenden Schritten verschwand sie im Treppenhaus.

Elin wollte rufen, dann kam ihr das Beten in den Sinn. Sie riß sich los und rannte in ihr Zimmer, kniete nieder und tat, wie Mama es sie gelehrt hatte. Lange blieb alles dunkel, dann sah sie die Öffnung oben. Ein Loch war da, und durch das Loch blickte ein großes kaltes Auge.

Das Kind versteckte sein Gesicht; als es aufzuschauen wagte, war das Loch verschwunden. An der Decke glänzte ein feuchter grauer Fleck.

Die neue Puppe lag mit verdrehten Gummibeinen auf der Stufe, aus dem Zimmer drang kein Laut. Lydia bückte sich seufzend; ihr wäre es lieber gewesen, wenn das Kind geweint hätte.

«Willst du den Neger nicht?» fragte sie.

Das Kind gab keine Antwort. Es war auf sein Bett geklettert und wiegte sich.

Lydia spürte, daß sie weder sprechen noch sich nähern durfte. Das Kind würde zerspringen wie Glas. Aber dasein mußte sie. Reglos begann sie zu warten. Später waren Schritte zu hören. «Hab keine Angst», flüsterte sie, «es ist nur der Onkel.»

Robert ging auf sein siebzigstes Jahr, und seit einer Weile schon wählte er den Weg des geringsten Widerstands. Herrgott, er wurde alt, die Luft um ihn dünner und schal. Dachte er an seine Buben oder gar an Viktor, so verstärkte sich das Zittern in seinem linken Arm. Ihn fror, aber selbst an Lydia konnte er sich nicht mehr schadlos halten, sie schien gegen seine Bosheiten gefeit, er verstand es nicht.

Immer waren Menschen sein bevorzugtes Spielzeug gewesen, jetzt fingen sie an, sich rar zu machen. Aber Robert gab nie auf. Es gelang ihm, die wachsende Leere mit Dingen zu füllen, die ihn reizten. Der Jäger wurde zum Sammler seltener Steine und Briefmarken. Dafür reute ihn kein Geld, und er ruhte nicht, bis eines der seltenen Basler Täubchen in seinem Besitz war. Robert betrieb seine Liebhaberei mit der gleichen Diskretion, die sich bei den Buben bewährt hatte, aber am Tag, als die Marke endlich ihm gehörte, drängte es ihn, wenigstens seine gute Laune mitzuteilen. Leichter und schneller als sonst stieg er in den ersten Stock. Das Täubchen würde er abends nach Ladenschluß im Panzerschrank versorgen, ins Geheimfach mit den andern Kostbarkeiten; bis dahin blieb es im Portefeuille in der Brusttasche seines Jacketts. Laut rief er nach Lydia. Es war Zeit für seinen Tee, er würde auch Ruth und Louis holen, zur Feier des Tages hatte er Kuchen gekauft. Aber die Küche war leer und kalt. Robert beschloß, sich die Stimmung nicht verderben zu lassen. Zwischen den Zähnen pfeifend ging er die Treppe hinauf. Das Kind wenigstens würde da sein. Mit Hilfe des schönen Kuchens würde er es schon zum Reden bringen, sonst tat es den Mund ja nicht auf in seiner Gegenwart.

Vor der Tür zögerte er einen Augenblick, eigentlich hatte er sich geschworen, sein einstiges Kinderzimmer nie mehr zu betreten, seit die Mutter darin gestorben war. «Dummes Zeug», brummte er und ging hinein.

Elin war da. Lydia sah er nicht sogleich, sie stand beim Ofen an der Wand. Das Kind zeigte keine Überraschung, mit undurchdringlichen Augen schaute es auf den ungewohnten Besuch, ohne sich zu bewegen. Es war nicht beim Spielen gewesen, dennoch hatte Robert den Eindruck, als hätte er es bei etwas Wichtigem gestört. «Jetzt gibt es Kuchen, soviel du magst», sagte er, «komm mit.»

Das bleiche Kind blieb auf dem Bett sitzen. Fragend blickte er in Lydias Richtung und sah, wie sie warnend den Zeigefinger an die Lippen führte. Sie gebot ihm zu schweigen! Verärgert wandte er sich zum Gehen, nun hatte das Kind gar zu weinen begonnen. Unerträglich war das. Er war schon im Korridor, als die kleine zittrige Stimme ihn traf: «Ist Mama tot?» «Dummerchen», sagte Lydia ruhig, «der Onkel will dir doch nur eine Freude machen, nun komm und sei lieb.»

In seinem Fiebern nach dem Basler Täubchen hatte Robert vergessen, daß Ruth heute ins Krankenhaus eingeliefert worden war. Ein Fauxpas. Immerhin, er hatte Schokoladekuchen mitgebracht!

Es war doch kein Krebs gewesen. Ruth trug einen dicken Verband über der Wunde, die sich als blutige Kette um den Hals zog; sie verheilte langsam und schlecht, die Narbe blieb häßlich. Aus Angst, sie könnte sich öffnen, und weil es wehtat, aß Ruth mit größter Vorsicht, dennoch verschluckte sie sich. Ein Brotkrumen blieb ihr im eng gewordenen Hals stecken, oder ein Stücklein Nuß, und sie bekam keine Luft.

Sie mußte zur Kur. In der Friedau geriet ihr selten ein Bissen in die falsche Kehle; das Haus war hell und still, die Schwestern beteten für die Kranken.

«Es ist wie im Paradies», sagte sie.

Elin mochte die Friedau nicht, sie nahm ihr die Mutter, immer wieder und immer häufiger. Einmal durfte sie Ruth besuchen, zusammen mit den Großeltern. Sie reisten in Gottfrieds schwarzem Auto. Es stank nach Benzin, schon nach einer halben Stunde wurde es Elin schlecht. Der Großvater schimpfte, wenn er anhalten mußte, und Großmutter zwang sie, Zucker mit scharfen Tropfen im Mund zergehen zu lassen.

Die Friedau bestand aus einem einzigen Haus, riesengroß zwar, aber es war eben doch nur ein Haus voller

Frauen mit weißer Schürze über dem schwarzen langen Rock, und einer Haube. Am Ende eines blanken Ganges lag Mama in einem Zimmer, ihr Gesicht war klein, aber sie lächelte.

Elin hatte sich auf die Zehenspitzen gestellt. Natürlich war es Mamas Gesicht, aber wenn sie die Augen geschlossen hielt wie jetzt, kam es ihr fremd vor und kalt. Sie wagte nicht, es zu berühren. Sie waren allein, die Großeltern spazierten am See. Ein Viertelstündchen vor dem Mittagessen war die Regel, daran hielt sich Gottfried auch bei Krankenvisiten.

Ohne an die Tür zu klopfen, betrat eine der Frauen das Zimmer. Es seien Diakonissen, hatte die Mutter erklärt, sie seien sehr fromm und gut.

«Du darfst mit mir kommen», sagte die Frau. Sie lachte, aber froh war sie nicht, das merkte Elin.

«Nun geh schon mit Schwester Clara», mahnte die Mama, «ich muß mich doch anziehen, wenn ich mit euch essen will.»

Widerstrebend folgte sie der Frau durch endlose Korridore. Die Schwester ging schnell und lautlos auf Gummisohlen, Elin mußte rennen und schlitterte auf dem gewachsten Boden. Der Geruch nach Medizin verlor sich, je weiter sie kamen, wurde allmählich überdeckt von tröstlichen Küchendünsten. Die Küche war groß und geräuschvoll. Schwester Clara deutete auf Riesentöpfe, ohne stehenzubleiben, und zog das Kind in einen Nebenraum. Hier war alles weiß: Berge von Meringues waren aufgetürmt, und daneben, auf dem langen Tisch, standen Schüsseln randvoll mit Schlagrahm.

«Das gelüstet dich, gell», sagte sie stolz, tauchte die Hand in eine der Schüsseln und hielt sie, über und über mit Sahne bedeckt, vor die Augen des Kindes. «Nun schleck!» Drohend hing die weiße Faust in der Luft, Elin wich zurück, da stieß ihr die Frau einen Finger in den Mund. Sie würgte, spürte die Süße des Schlagrahms und dahinter die Haut, glitschig und fad, ekelerregend.

Alle wunderten sich, daß Elin ihr Dessert nicht essen wollte. «Vielleicht ist es besser so», sagte der Großvater, «sonst gibt es auf dem Heimweg wieder ein Theater.»

Die Leute an den Nebentischen lachten, und das Lachen pflanzte sich fort bis in die hinterste Ecke des großen Speisesaals. Inbrünstig haßte Elin Mamas Paradies.

Elin besaß ein Buch; eine Seite war die schönste Seite: ein Haus war da mit vielen Stockwerken, ohne Dach und Fenster. Man sah hinein und war daheim in jedem Zimmer. Tiere wohnten im Haus, ein Hund, ein Hahn, aber das liebste war ihr der Esel im dritten Stock. Er saß am Tisch mit der Serviette um den Hals und freute sich über den Teller, der vor ihm stand. Im Teller dampfte ein Gericht. Es war *grün*, hellgrün, sattgrün, sehr *grün*. Elin erfuhr, daß es Spinat war.

Kam etwas Ungewohntes auf den Tisch, war das Kind schwer zu bewegen. «Man ißt, was auf den Teller kommt», drohte der Vater, Ruth schwieg dazu.

Wenn sie nicht da war, aß man bei Lydia; selbst sie kam dem Kind nicht zu Hilfe. Aber heute lachte sie: «Es ist Spinat wie bei den Bremer Stadtmusikanten!»

Elin aß. Es war ein anderes Grün, aber was der Esel gern hatte, hatte sie auch gern, von nun an selbst Bohnen und den scharfen Rosenkohl, wenn es nur grün war und dampfte. Heimlich bevorzugte sie Erbsen, sie ließ es sich nie anmerken, mit Sicherheit hätte es den Esel gekränkt.

Später war es ein Wort, das ihr Appetit machte. Das neue Wort kam und ging und blieb endlich stehen. Es war nicht bleich wie die Friedau, es lockte und schillerte. Wieder war das Wort ein Ort, aber dahin wollte Elin gerne kommen, im Frühling, wenn die Sonne schien.

Schon war es wärmer, das Kind dachte nicht, es spielte. Die Welt war rot mit weißen Punkten, war Gummiball, war auf und ab immerzu. Dann kam der Vater auf die Terrasse, und der Ball gehörte nicht mehr zu Elin, fremd flog er an den ausgestreckten Händen vorbei zu Boden.

«Morgen beginnt der Kindergarten», sagte Louis feierlich.

Eine steile Steintreppe führte hinauf zum rot-weiß bemalten Holztor, den Farben der Stadt. Die Kinder waren klein, Elin kam sich sehr allein vor. Sie lernte eine neue Art Hüpfen, neue Lieder und gemeinsame Spiele, und erfuhr, daß es eine schlechte und eine gute Hand gab. Elin machte alles mit der schlechten, selbst scherenschneiden.

Nur einer der Buben war groß. Marc war strohblond und hatte dieselben hellen Schrägaugen wie Elin. Alle hatten Angst vor ihm, auch sie fürchtete sich, aber sie wollte, daß er sie sähe. Marc war schön. Die Kinder, die ihm zu nahe kamen, schlug er ins Gesicht.

In der Frühstückspause ging man in die Garderobe, da hingen die buntbestickten Stoffbeutel mit den Butterbroten. Elin erinnerte sich an die Tafel Schokolade, die Lydia ihr zugesteckt hatte, um sie mit den andern zu teilen.

Die Schürzentasche war zu klein, Elin verbarg die Tafel unter dem Latz und ging hinüber zur Bubenseite. Das Herz klopfte ihr bis zum Hals. Marc stand abseits. «Hier nimm», sagte Elin. Er schwieg, dann griff er nach der Schokolade.

Er aß nicht, er steckte sie sofort in seinen Beutel. «Soll ich dich beschützen?» fragte er. Seine Stimme war heiser. Elin schüttelte hastig den Kopf. «Ich will dein Schatz sein!» Marc schaute fort, ins Leere, besann sich, sein glitzernder Blick kam zurück und verfing sich in Elin. «In Ordnung», sagte er streng. Im Hüpfschritt tanzte sie an ihren Platz.

Marc blieb Elins Geheimnis. Sie redeten nicht, er schaute sie an. Darüber vergaß Elin die Angst vor dem Lieben Gott. Daheim aber im Haus waren die Schrekken wieder da: die Ofenecke, der Fleck an der Decke, die Sünde. Nur der blutige Heiland konnte vergeben. Die Mutter sagte es und erzählte vom Kreuz, von der Dornenkrone, vom Essigschwamm und den Nägeln. Die Nägel waren das schlimmste. Ganz genau wollte das Kind es wissen, an welcher Stelle in der Hand und an den Füßen. Heimlich probierte es mit der dicksten Nadel aus dem Nähkästchen, wie weh es tue. Dabei war seine Verzweiflung groß. Daß der unbegreifliche Heiland am Ende in den Himmel gefahren war, tröstete Elin nicht. Immer sah sie ihn am Kreuz und oben im Himmel den bösen Lieben Gott. Der war schuld daran. Zum Glück war dieser Himmel ein ferner Ort, unsichtbar weit über der Sonne. Das half dem Kind; auch das Loch in der Decke blieb zu. Bis das Auge Gottes an der Wand erschien. Auf ein Blatt Papier hatte die Mutter mit Wasserfarben das Auge gemalt und es an die Wand des Kinderzimmers geheftet.

«Sei brav, Er sieht dich», sagte sie.

Das Gottesauge war da, für immer. Es sah jedes Tun, sah in Elins Herz und in ihren Kopf. Es war blau und böse.

Elin verließ ihr Bett, tappte durch den Gang und hinaus. Lydia erwachte vom ungewohnten Geräusch. Kein Laut drang aus dem Kinderzimmer, es kam aus dem Treppenhaus. Sie wußte, daß sie das Licht nicht anknipsen durfte. Es war eine helle Nacht, Mondschein fiel schräg durchs schmale Fenster aufs Kind, das schwankend dastand mit weit geöffneten Augen. Weiter konnte es nicht, die Tür zum Boden versperrte ihm den Weg.

Erst als Lydia dicht vor ihm war, mit den Armen einen Kreis bilden konnte, sagte sie seinen Namen. Elin fiel wie ein Stein. «Angst», wimmerte sie, «Angst.» Dann schlief sie wieder.

Lydia verschloß die Tür zur Treppe, die andern ließ sie spaltbreit offen. Sie verstand, daß Elin vor etwas flüchtete, das schrecklicher war als die Schwarze Frau.

«Wovor hast du Angst?» drängte Lydia. «Sag es, dann kann ich es wegzaubern.»

Das Kind schwieg. Das Auge konnte auch hören, ganz bestimmt. Prüfend blickte sich Lydia im Raum um, der freundlich wirkte im Morgenlicht.

«Was ist das für eine Zeichnung? Hast du sie gemacht?»

Elin bekam dunkle Augen. Heftig schüttelte sie den Kopf. «Nein. Die Mama», brachte sie hervor. Ihr Kopf schmerzte, ein Stechen war darin.

Lydia riß das Auge von der Wand und trug es fort.

«Das Kind hat Fieber», sagte sie zu Ruth, «und *das* habe ich abgenommen, es fürchtet sich davor.»

Ruth war bleich geworden. Lydia begriff nichts von diesen Dingen, sie hatte keinen Glauben und erlaubte sich dennoch diesen vorwurfsvollen Ton.

Eine lange Woche fieberte Elin. Der Schmerz, der im Nacken hockte, wuchs in den Kopf hinein, bis es nichts mehr gab außer ihm, nicht einmal mehr die Angst. Im Schlaf aber kam sie zurück, hatte viele Gesichter und nur ein klaffendes Auge.

«Es ist Mumps», erklärte der Kinderarzt. Lydia hatte ihn kommen lassen; keinen einzigen Tag wollte sie weiter zuwarten. Nun hatte die Krankheit einen Namen, der die Familie beruhigte. Elin aber wurde nicht gesund, sie wurde immer elender. Die Drüsen blieben geschwollene Klumpen, die Versteifung des Nackens nahm zu und mit ihr der Schmerz. Der Kopf des Kindes wurde unförmig, und Lydia kam es vor, als verdrehte er sich zur Seite. Der Doktor begann, von Komplikationen zu reden.

Eines Morgens war das Kinn bei der linken hochgezogenen Schulter angelangt, das Gesicht war schief nach oben gedreht. So blieb es. Elin war gelähmt. Zweimal täglich kam der Arzt und massierte das Kind. Es mußte weh tun, das sah Lydia am krampfhaften Zucken, aber Elin blieb stumm. Sie schrie nur, wenn die betäubenden Mittel ihre Wirkung verloren.

Es war kurz vor der Dämmerung, in der Stunde, wenn der Schmerz sich verdoppelt, als das Kind die Augen öffnete. Es schaute auf Lydia und erkannte sie.

«Ich will sterben», sagte es mit klarer Stimme, «bitte, ich muß.»

Der schwarze Nebel füllte jetzt den ganzen Raum, er war überall, floß wunderbar in Augen und Nase, hinein in Elin, war größer als der Schmerz.

Sekundenlang starrte Lydia auf das reglose Kind. Es war still im Zimmer, unheimlich still; das brachte sie zur Besinnung. «Wach auf!» schrie sie, «ich will, daß du mich anschaust!» Ein Zittern durchlief die durchscheinenden Lider, zögernd hob und senkte sich die kleine Brust. Elin atmete, daunenfederleicht.

Als der Arzt endlich kam, schien das Kind zu schlafen. Unerträglich viel Zeit brauchte er zur Untersuchung. Wie langsam er ist, dachte Lydia verzweifelt, einem Unglücksvogel gleicht er mit den dünnen Fingern und der spitzen Nase. Einmal mehr geriet seine runde Brille ins Rutschen. Die Gesichtshaut des Doktors war bläulich angelaufen, wie die immerkalten Hände.

Dann sagte er in feierlichem Ton, daß sie alle zusammen Gott danken müßten, das Kind habe die Krise überstanden.

Ruths Schluchzen war zu hören und wie Louis sich räusperte. Einen Moment fürchtete Lydia, ihr Neffe würde laut zu beten anfangen.

«Elin braucht Ruhe», sagte sie. Es war ein Befehl, man ließ sie allein.

«Ich sehe dich, auch wenn ich schlafe», flüsterte jetzt das Kind, «immer. Du kannst gar nicht fortgehen.»

Lydia verbarg ihr Gesicht und weinte lautlos.

Auf dem Grund der rechten Zwillingsbank, verdeckt von der wachsenden Zahl der unglücklichen Briefe lag das Buch. Die Heilige Schrift, in schwarzes Leder gebunden, mit verblassenden Goldbuchstaben. Nach den einundzwanzig Kapiteln der Offenbarung begannen die Aufzeichnungen Frau Berthas. Die letzte Eintragung befand sich auf einem losen Blatt zwischen zwei leere Seiten der *Sterbefälle* gelegt.

«Niemand soll betrübt sein über meinen Tod. Mutter.»

Das Papier war mit dem 17. April 1935 datiert. Sechs Wochen später war sie gestorben.

Seit bald zwanzig Jahren war die Bibel im Besitz Lydias. Aber nie hatte sie daran gedacht, die Chronik weiterzuführen. Es lohnte nicht. Der Glanz der Familie war mit der Mutter verschwunden. Lydia mußte bleiben, lebte fort im Haus Roberts, haßerfüllt, mußte zusehen, wie die Zeiger der tausend Uhren nicht vorwärtsrückten und dennoch sich drehten, die Zeit unaufhaltsam verschluckend.

Auch das Kind hatte daran nichts ändern können. Bis heute. Heute war ein neuer Tag, Geburtstag für Lydia und das Kind. Sie blätterte zurück und trug die Daten Elins ins Buch ein. Wieder blätterte sie, wieder war sie bei den Sterbefällen angelangt.

Die große Handschrift der Mutter füllte die mit Stockflecken gesprenkelte Seite: «17. April 1916. Todestag von Albert selig. Am Morgen aufgestanden wie sonst, den Abreißkalender gelesen mit dem Spruch: Heute wirst Du mit mir im Paradiese sein. Abends, nachdem er sich durch Erbrechen bei Dr. Debrunner einen Lungenriß gemacht, ist *er* heimgegangen. Es war nicht der kalte Tod, es war ein Schlaf voll Frieden.

Wie herrlich ist der Spruch in Erfüllung gegangen. Ja, *er* hat heimgehen dürfen zu seinem Heiland, den *er* stets bei sich hatte auf all seinen Wanderungen in seinem schweren, mühsamen und verantwortungsvollen Berufe und all seinen wichtigen Beamtungen in Gemeinde und Staat!»

So viel stand in der Familienbibel. Ein schmales Heft war beigefügt mit Zeitungsausschnitten. Die Mutter hatte die Nachrufe und Würdigungen gesammelt und eingeklebt, zusammen mit einem Fetzen Trauerflor und drei Tannenzweigen – versiegelt mit dem Ring des Toten.

Darauf starrte Lydia. Es half nicht, sich dagegen zu wehren: Die alte Wunde brach auf und schmerzte wie am ersten Tag.

*

Frau Berthas Herrschaft

Lydias Vater, der Tierarzt, war der wichtigste Mann im Dorf, fest hielt er die Fäden der Macht in den Händen. Er war Präsident der Kirchgemeinde, der Schulpflege und der Steuerkommission, in Bern saß er im Großen Rat. Dennoch behielt er sein schlichtes Wesen, und die Leute liebten ihn. Daß er seine Kusine geheiratet hatte und dadurch noch reicher geworden war, kam erst nach seinem Tod erneut zur Sprache.

In der Nacht auf den Montag hatten ihn ungewöhnlich heftige Schmerzen gequält, sein Magenleiden, an dem er vergebens herumkurierte. Bei jeder Aufregung war es wieder da, und die Nachricht der neuerlichen Verletzung des schweizerischen Luftraumes hatte Albert furchtbar erregt: feindliche Bombenwürfe auf Pruntrut und Delle! Und dabei sollte er ruhig zusehen können. Aber die Armee hatte ihn verabschiedet mitten im Krieg, wegen dieser vertrackten Geschichte. Nun würde er doch den Debrunner aufsuchen müssen. Ostern stand vor der Tür. Grünend lag das Land im Morgenlicht. Der späte Frühling war plötzlich gekommen, die Sonne schien viel zu warm für die Jahreszeit. Sie blendete Albert. Er fühlte sich matt. Mit hängenden Schultern verließ er das Haus.

Bauern brachten ihn auf einem Fuhrwerk zurück nach Otzwil.

Der Arzt in Burgdorf, von dem man sich Wunderdinge erzählte, hatte ihm den Magen ausgepumpt. Der aufkommende Brechreiz war von solcher Gewalt, daß er zum Riß in der Lunge führte.

Frau Bertha war den ganzen Tag gereizt gewesen, ungeduldig hatte sie darauf gewartet, daß Albert das Haus verließ. Keiner wußte um das Kreuz, das sie zu tragen hatte. Sein ewiges Zögern brachte sie außer sich; ohne sie wäre er gar nichts, wäre nie etwas geworden. Und dennoch liebten ihn alle, jedermann verehrte ihn. Auch ihre Kinder, und immer war sie die Böse. Die Stolze. Ein Waschlappen war er daheim und spielte den großen Mann im Dorf. Und jetzt dieses Theater mit dem bißchen Magenweh, mit der Chaise hatte er fahren wollen zum Doktor. Da war er an die Falsche geraten, dafür gab es die Eisenbahn.

Als man ihr Albert ins Haus trug, hinüber in die Schlafstube, durchzuckte sie die Erinnerung an den Traum. In unregelmäßigen Abständen kam er und erschreckte sie mit dem Bild von Albert, der tot auf dem Eßtisch lag. Sein Mund war verzerrt, ein Sträußchen Petersilie steckte darin. Weiß verdrehten sich die Augäpfel nach oben. Und immer quollen milchige Tränen aus den schrecklichen Augen.

Diese Strafe hatte sie nicht verdient. Albert hatte versprochen, mit ihr zusammen alt zu werden.

Aber alles nützte nichts; Bertha begriff, daß er starb.

Sein Tod war qualvoll. Von unaufhörlichen Brechkrämpfen geschüttelt, erstickte er langsam an der geborstenen Lunge.

Sie schloß sich ein im Zimmer, verbot den weinenden Töchtern den Zugang. Sie hielt seinen armen Kopf, sah seinem Würgen zu, dem letzten Keuchen. Albert starb ihr weg. Sein Gesicht war jetzt dasselbe wie im Traum. Sie schloß ihm die Augen, drückte die Lippen zurecht, faltete seine Hände hoch auf der Brust. Nun war es gut: friedlich lag Albert, sanft entschlafen. So sahen ihn die Kinder, so berichtete sie über seinen Tod.

Am Karfreitag wurde der Tierarzt begraben. Keiner aus dem Dorf war zuhause geblieben, alle wollten dem Doktor die letzte Ehre erweisen und einen Blick auf die Witwe erhaschen.

Ja, Hochmut kommt vor dem Fall. Nun sollte sie sehen, wie sie zurechtkam; der Herrgott wußte schon, was er tat. Schlechtes Blut hatte der Doktor gezeugt mit seiner Base. Sünde war das, und jetzt zeigte sich die Strafe: die Töchter hoffärtig, die Mutter bodenlos stolz trotz der mißratenen Söhne. Auch bei der Heirat von Johann neulich war es kaum mit rechten Dingen zugegangen. Wie konnte die schöne Sofie diesen Zwerg nehmen!

Die Leute täuschten sich nicht; der jungen Frau schwoll der Bauch viel zu rasch, sechs Monate nach der Trauung kam der Bub auf die Welt, Louis.

Die bösen Zungen kamen nicht zur Ruhe. Die Stimmung im Dorf war feindlich.

Frau Bertha hielt sich an Gott, an den Pfarrer – er war der Familie ergeben geblieben – und an ihre Mädchen. Mit den Söhnen konnte sie keinen Staat machen, darin hatten die Leute recht. Der einfältige Felix hatte sich nach dem Tod des Vaters ungut entwickelt, er war aufmüpfig und voll Trotz. Er mußte seinem Bruder helfen, der das familieneigene Bauerngut bewirtschaftete. Bei Johann und Sofie zu wohnen erlaubte Frau Bertha nicht, das hätte dem Klatsch neue Nahrung gegeben. Nein, er gehörte ins Doktorhaus, wurde streng überwacht und herumkommandiert. Aber tagsüber lief Felix von der Arbeit fort ins Wirtshaus. Er trank Schnaps; Johann kümmerte es nicht.

Ihre Hoffnung setzte Frau Bertha auf die Töchter. Bald kamen sie ins heiratsfähige Alter, und es galt, ihre Erziehung zu vollenden.

Im Mai war Lydia vierundzwanzig geworden. Geschenke, selbst die kleinste Feier, wollte sie nicht dulden.

Seit dem Unglück war sie schweigsam geworden; sie aß nicht, und nachts weinte sie. Einzig ihre Schönheit litt nicht darunter, ihre Züge verfeinerten sich. Die Trauerkleidung betonte Lydias schlanke Gestalt und ließ sie noch größer erscheinen.

Ruhig dazusitzen war ihr unmöglich, immer war sie auf dem Sprung, immer gab es etwas zu tun. Sie half Gotte. Albert hatte seine Schwester mit in die Ehe gebracht; seither lebte sie in der Küche, das war ihr Reich. Seit Lydia denken konnte, stand sie am Herd, gebückt und mit demselben Lächeln, das auch dem Vater eigen war. Gotte schien zufrieden, selbst mit der kleinen Kammer, in der sie schlief. Mehr konnte niemand erfahren, sie war taubstumm seit ihrer Geburt.

Die Mädchen waren ungleich. Martha wirkte kindlich für ihr Alter, klein, überzart. Noch immer wurde sie Martheli genannt. Sie war die Musikerin der Familie, spielte Geige, Klavier und die Orgel in der Dorfkirche. Darauf war Frau Bertha besonders stolz. Im Haus beschränkte sich Marthas Hilfe auf feine Handarbeit. Sie stickte gerne, obgleich sie nervös wurde davon und Migräne bekam. Was Martheli fehlte an Lebenskraft, besaß die Jüngste im doppelten Maß. Gesund und blühend war das Kind, fröhlich und vorlaut. Dora ging noch zur Schule; rechnen konnte sie wie ein Mann. Früh schon hatte sie begonnen, dem Vater beim Ausstellen der Honorare zu helfen, hatte sie säuberlich geschrieben und dafür gesorgt, daß die Rechnungen auch bezahlt wurden. Der Vater vergaß solche Dinge. Recht behalten mußte sie, um jeden Preis. Im Jähzorn schlug Dora die Türen hinter sich zu, daß die Scheiben klirrten. Aber wenn sie sang, weinten alle, ihre Stimme war wunderbar schön. Notar wollte sie werden oder Sängerin.

Auch Lydia musizierte; vielleicht war sie die Begabteste, aber seit Vaters Tod scheute sie den Vortrag. Nur wenn sie sich allein wähnte, setzte sie sich an den Flügel. Dann konnte es geschehen, daß sie vergaß: Erst ein Rufen, ein Gehen auf der Treppe zwang sie zurück, und der Vater verschwand. Immer hatte sie für ihn gespielt, auch jetzt. Sie ertrug es nicht, von ihm getrennt zu sein.

Das Trauerjahr ging zu Ende. Neues Leben kam ins Haus; der kleine Louis wurde gehütet und häufig dabehalten. Das konnte Sofie nur recht sein, meinte Frau Bertha. Sofie erwartete ein zweites Kind.

Ein einziges Mal in diesem Jahr ging Vetter Hans über die Dielen des Dachbodens.

Als Lydia den schleppenden Schritt vernahm, sah sie ratlos zur Mutter. Frau Bertha saß im Lehnstuhl und nähte ruhig weiter, auch die Schwestern ließen sich nichts anmerken. Vor einem schweren Gewitter ging der Vetter um, und nur Albert konnte ihn zur Ordnung rufen. «Gib Ruhe, Hans. Geh mit Gott!» befahl er zur Decke hinauf, während die Familie den Atem anhielt, bis es still wurde über ihnen.

Jetzt würde er ewig wandern, und Lydia allein hörte ihn. Sie hatte keine Angst, nur sehr beklommen und traurig war ihr zumute. Da durchzuckte der erste Blitz den verhängten Himmel, gefolgt vom Krachen des Donners; die Schritte waren verstummt.

Die abgerissenen Gespräche der Mutter mußten alle mit anhören, das blieb auch den Schwestern nicht erspart. Frau Bertha redete mit ihrem toten Mann. Er besuchte sie oft in den ersten Monaten, später mußte sie bitten, daß er zu ihr kam, in die Schlafstube, wo sonst niemand sein durfte. Martha und Dora fürchteten um den Verstand der Mutter; Lydia beneidete sie, lag wach in solchen Nächten und lauschte den Worten, die unverständlich blieben. Einmal hörte Lydia sie lachen: ein jähes Auflachen gellte durchs schlafende Haus, daß sie sich zitternd aufrichtete im Bett und dann weinen mußte bis zum grauen Morgen.

Keine der Töchter traute sich, von diesen Dingen zu reden. Auch über die Vorgänge im Dorf schwiegen sie, weil die Mutter schwieg.

Aber Frau Bertha war nicht untätig; sie sann auf Mittel, den Leuten das Maul zu stopfen. Die Bibel wies ihr den Weg: jeden Mittwoch mußten die Mädchen mit vollen Körben zu den Bedürftigen, um Eier, Butter und Käse zu verteilen.

Keine Tür blieb ihnen verschlossen, man nahm und dankte, die Zeiten waren schwer genug. Einschränkung in der Lebensführung nannte der Bundesrat die Rationierung bald aller Nahrungsmittel. Die Heu- und Emdvorräte wurden beschlagnahmt, dann die Getreideernte. Der Krieg dauerte.

Im Sommer des vierten Jahres kam der Tod. Nicht der Feind brachte ihn, sondern die Seuche. Im Schulhaus wurden die Kranken einquartiert, das scheppernde Läuten der Pausenglocke ertönte bei Tag und bei Nacht, bald wußten auch die Kleinsten im Dorf, daß es die Totenglocke war. Gerüchte kamen auf von schrecklichen Verfärbungen der Leichname. Abergläubische Angst erfaßte die Leute und wuchs, als die Schließung der Kirche bekannt wurde.

Ende August schien die Epidemie abzuflauen, um im September ein neues Mal verderblich zu wüten. Erst auf den Winter zu verlor sie ihre Kraft. Und dann war der Erste Weltkrieg zu Ende.

Langsam erholte sich das Dorf von der Schreckenszeit, langsam glitt das Leben in vertraute Bahnen. Die Leute arbeiteten hart, sie mußten ohne die Toten auskommen; kaum eine Familie war vollzählig.

Daß im Doktorhaus keiner fehlte, bewegte die Gemüter. Mit dem Alltag war der Haß zurückgekommen.

Lydia erkrankte über Nacht. Frau Bertha mußte an die Spanische Grippe denken. Schon einmal war sie wiederaufgeflammt, wer sagte ihr, daß es nicht ein drittes Mal passieren konnte?

Sie bekämpfte das Fieber mit Essigsocken und strenger Diät. Es gelang, der gefürchtete Husten blieb aus. Dennoch gefiel ihr Lydia nicht. Krampfhaftes Weinen wechselte mit teilnahmslosem Daliegen; weder Strenge noch Bitten brachten sie zum Reden.

Mit dem Gesicht zur Wand lag Lydia, eine lange Zeit.

Sie war hingelaufen wie alle zur Unglücksstätte. Im Oberdorf brannte das Röthlisbergerhaus. Angezündet, hieß es. Lydia stand inmitten der Leute und starrte benommen in die Flammen. Erst als der Himmel sich dunkel abzeichnete gegen die Feuersbrunst, besann sie sich. Die Menge hatte sich verteilt, auch Dora und Martheli waren gegangen.

Lydia beeilte sich, die Mutter duldete keine Verspätung. Sie nahm den Weg durch den alten Baumgarten. Oben beim verkrüppelten Apfelbaum, den man dieses Jahr noch hatte stehenlassen, schöpfte sie Atem. Die Luft war erfüllt vom Heuduft und lau. Von hier aus sah sie das Haus mit den hell erleuchteten Fenstern. Ein Rascheln ließ Lydia zusammenfahren, sie wollte gehen und stand wie gelähmt: «Dort bei den Doktors unten gibt's auch bald etwas Lustiges!» höhnte eine Stimme. Sie kam aus dem Gebüsch dicht hinter ihr.

Später konnte sie sich nicht erinnern, wie sie heimgekommen war. Aber unaufhörlich tönte die Drohung in ihrem Kopf; ihr war, als müßte sie die heisere Stimme kennen, dennoch wollte sie zu keinem Namen passen.

Die Mutter durfte nichts davon wissen, es wäre ihr Tod; Martha war zu schwach und Dora noch ein Kind. Diese Last konnte ihr niemand abnehmen, also schwieg sie.

Als es Lydia besser ging, war der Sommer schon weit vorgerückt. Hitze verdorrte das Land, es hatte seit Wochen nicht geregnet.

Im Einklang mit dem Doktor aus Bern verfügte Frau Bertha eine Kur. Daß Lydia sich verzweifelt wehrte und wieder viel weinte, bestärkte sie in ihrem Vorhaben: die Tochter mußte fort und damit basta!

Steif saß Lydia im Abteil, es war drückend heiß.

«Grübeln ist verboten», hatte die Mutter zum Abschied gesagt, «und daß du mir wieder gesund wirst!»

Lydias Entschluß war gefaßt. Nicht länger als eine Woche würde sie in Leysin bleiben, Mademoiselle mußte das verstehen.

Seit der Pensionatszeit tauschte sie Briefe mit der einst so gefürchteten Leiterin. Unerbittlich war sie gewesen, auch die Ungeschickteste lernte ein tadelloses Französisch bei Mademoiselle. Aber jetzt waren sie Freundinnen. Ihr wollte sie alles sagen. Bei diesen Gedanken wurde es Lydia leichter.

Sogleich erkannte sie das rote Gesicht. Mademoiselle war älter geworden und sehr stark. Behend und würdevoll zugleich bahnte sie sich einen Weg durch die Wartenden. Nachlässig war ihr immer strähniges Haar aufgesteckt, laut schlug ihr Lachen Lydia entgegen. Und als die kräftigen Arme sie hielten, hatte Lydia das Gefühl, daß doch noch alles gut werden konnte.

Die Luft war kühler hier oben. Allein lebten sie im großen Haus, es war Ferienzeit. Nur die Köchin und ein paar Dienstmädchen waren geblieben.

Das Institut war bekannt für seine gute Küche, aber Lydia brachte keinen Bissen hinunter beim Abendessen. Sie war durstig und ließ zu, daß Mademoiselle hellroten Wein nachschenkte. Danach redete Lydia; stockend erzählte sie von der Stimme und der Gefahr, die der Familie drohte. «Der tut euch nichts», sagte Mademoiselle mit Bestimmtheit, «solche Leute sind feig. Angst machen wollte er dir, mehr nicht.»

Zweifelnd schaute Lydia auf die Freundin, aber in dieser ersten Nacht schlief sie, wie sie als Kind geschlafen hatte, und in den folgenden Nächten auch.

Mit jedem Tag auf dem Berg verlor die Angst an Gewicht. Lydia aß und schlief und lachte. Von Abreise wurde nicht mehr gesprochen.

Es kam aus dem Kleiderschrank.

Das Klopfen war nicht laut, es war von der Art, die das Herz bis zum Hals schlagen und die Glieder erstarren läßt. Fremd, nie gehört, traf es ihre Mitte. Lydia wußte. Das Klopfen bedeutete Unglück. Der Wecker zeigte auf halb zwei. Nichts konnte sie dagegen tun, sie mußte zulassen, daß Otzwil brannte.

Das Telegramm der Mutter erreichte Lydia nicht mehr.

Als der Tag endlich angebrochen war, war sie zum Bahnhof gelaufen; spätabends stand sie vor den verkohlten Resten ihres Vaterhauses.

Auffallend still war es gewesen in der Nacht. Sonst lärmten die Wirtshausgänger unter den Fenstern zur Straße. Frau Bertha hatte sich flüchtig gewundert und dann nicht weiter darauf geachtet. Das Büblein hielt sie in Atem; schon wieder fuhr der Kleine schreiend aus dem Schlaf und wollte gewiegt werden.

Wenn nur die Hitze nachließe! Aber der erste Septembertag war unnatürlich warm gewesen, ein trockener Wind hatte den Staub in Wirbeln vor sich hergetrieben und in die Häuser hinein. Seit Menschengedenken war es der heißeste Sommer.

Frau Bertha war müde. Sie wehrte sich nicht, als Dora das Kinderbett aus ihrer Stube trug.

«Du sollst dich schonen, bei mir wird Louis schon brav sein», sagte sie in ihrem Kommandoton.

Alleinbleiben aber mochte Frau Bertha nicht, Martheli sollte bei ihr schlafen diese Nacht.

Martha erwachte vom Rauschen und staunte über den plötzlichen Regen. Es mußte ein Wolkenbruch sein, ein unheimliches Tosen draußen, überall! Mit einem Satz war Martha aus dem Bett und riß den Fensterladen auf: lichterloh sah sie das Hinterhaus brennen, den Dachstock, und wie das Feuer sich in rasender

Eile heranfraß. Sie schrie nach Dora, die als einzige im Oberstock wohnte, und drängte die Mutter mit sich ins Freie. Endlose Sekunden später erschien Dora, lief mit wilden Augen an ihnen vorbei nach hinten, wo der Hund, an der Kette gefangen, grauenvoll heulte. Doras Liebling. Sie mußte ihn retten um jeden Preis.

Martha starrte ihr nach, konnte nicht denken und begriff endlich doch: Dora war mit leeren Händen aus dem Haus gestürzt, sie hatte Louis drin gelassen!

Schluchzend näherte sie sich der Tür. Unerträgliche Hitze schlug ihr entgegen, Rauch verbrannte ihre Lungen, dennoch machte Martha ein paar Schritte hinein ins Flammenmeer. Weiter konnte sie nicht und nicht mehr zurück; sie war blind jetzt und mußte ersticken. Martha stolperte und verlor das Gleichgewicht. Aber plötzlich war die Hand da, packte sie eisern und zwang sie zum Gehen: Gotte kannte den Weg durchs Feuer und schleppte Martha mit. Im andern Arm trug sie das Kind, mit nassen Tüchern geschützt, mit Decken und ihrem Körper.

Als die Feuerwehr kam, war es zu spät. Das Zumbachhaus brannte nieder bis auf die Grundmauern. Die Familie hatte sich retten können, weil der Vater im Himmel es anders nicht wollte. Selbst der Hund war am Leben geblieben, Dora hatte ihn rechtzeitig befreit. Er war betäubt worden von den Brandstiftern, das Feuer war fachmännisch gelegt. So lautete der Befund der Versicherungsleute und Polizisten.

Gotte hatte schwere Brandwunden davongetragen; sie blieb entstellt. Spitz und fremd war ihr Kopf mit dem kahlen Schädel, die versengten Haare wuchsen nie mehr nach. Aber sie schien unempfindlich gegen Unglück und Schmerz. Ein einziges Mal hörte Lydia sie weinen; sie hatte nicht gewußt, daß Gotte weinen konnte.

Noch am Abend ihrer Ankunft verlangte die Mutter von Lydia, es der Gotte zu sagen. Niemand sonst konnte ihr Bohemias Tod beibringen. Lydia wehrte sich nicht. Bis zum Mittag hatte man gehofft, das Pferd auf einer Weide zu finden, aber es war eingesperrt gewesen und mit dem Stall verbrannt. An ihm hing Gotte mit unsäglicher Liebe; es war Alberts Roß gewesen, ihr ganzer Trost.

Die Taubstumme starrte auf Lydia. Ja, sie hatte verstanden. Aber im Nicken verzerrten sich ihre Züge, unmenschliche Laute drangen aus dem kindhaft kleinen Mund, minutenlang.

Endlich bedeckte Gotte ihr zerstörtes Gesicht mit der Schürze und war still.

In den ersten wirren Tagen dachte Frau Bertha nicht ans Gold. Aber als sie sich wieder recht besinnen konnte, war einiges davon verschwunden, herausgeklaubt aus den rauchenden Trümmern und fortgetragen in den Helmen der Feuerwehr. Wieviel gestohlen wurde von den Goldstücken, die Frau Bertha an nur ihr bekannten

Orten in Küche und Keller versteckt hatte, konnte sie nicht sagen, nur daß es viel mehr gewesen waren, wußte sie mit Sicherheit.

Das abseits stehende kleine Haus, das Stöckli, war verschont geblieben; hier wohnten die Frauen nach dem Brand, zusammen mit Felix, der seit langem schon dahin verbannt worden war.

Zwei Jahre mußten sie sich gedulden und die ungewohnte Enge ertragen, dann zogen sie in die Villa. Das prächtige Haus stand auf dem angestammten Platz mitten im Dorf, neben der Kirche. Frau Bertha hatte keine Mittel gescheut, sie wollte ein Zeichen setzen, aus Stein und unzerstörbar. Sie allein bestimmte. Die Natur des Hauses war ihre Sache, es sollte das größte im Umkreis sein, von nie gesehener Vornehmheit. Und vornehm wurde darin gelebt, anders als im alten, ganz ohne Zurückhaltung. Das wäre dem guten Doktor nicht recht gewesen, hieß es. Aber die Meinung der Leute hatte jede Bedeutung verloren. Noch gehörte ihr das halbe Dorf, mit diesen Setzgrinden aber wollte Frau Bertha nichts mehr zu schaffen haben.

Sie hatte anderes zu tun, wieder galt ihre Sorge Lydia.

Lydia weigerte sich zu heiraten.

Es fehlte nicht an Bewerbern, zahlreich erschienen sie im neuen Doktorhaus, vielversprechende junge Männer aus den besten Berner Familien kamen und gingen.

Wohl waren drei Töchter da, aber die Besucher hatten nur Augen für die Älteste.

«Nimm Vernunft an, Kind», sagte Frau Bertha, «wir müssen an deine Zukunft denken.» Lydia nickte, aber sie erhörte keinen.

In der Brandnacht hatte sie geschworen, nie mehr von der Seite der Mutter zu weichen, wenn sie sie lebend anträfe. Neun Jahre wachte Lydia; sie ließ sich nicht beirren, bis Robert kam.

*

Silberhochzeit

Großvater Gottfried war zu Besuch. Mit zusammengekniffenen Augen schaute er auf Elin, dann begann er zu messen. Mit dem gelben Metermaß, das sonst gefaltet aus der Hintertasche seiner Drillichhose lugte – Regenschirmmeter nannte ihn das Kind –, nahm er Maß: die Länge des schiefen Arms, den Abstand vom Kinn bis zur andern Schulter, vom Boden zum Kopf maß er, das ganze Bett und das ganze Kind. Die Zahlen schrieb er ins Büchlein mit den Fettflecken. Der Großvater redete mit der Mutter, leiser als gewöhnlich, aber Elin verstand jedes Wort. So erfuhr sie von der Maschine. Lange genug hatte Gottfried daran herumstudiert, jetzt würde er sie bauen. Eingeschlossen in die famose Konstruktion aus Metall und Lederbändern sollte Elins Kopf gedreht werden, zurück an den rechten Platz. Säuberlich, ganz langsam durch die aufgehängten Gewichte würde sich auch der Arm strecken. Die Gewichte liefen an Drahtseilen bis hin zum Sockel aus Holz, den er heute mitgebracht hatte. Nun mußte er alles noch einmal genau durchrechnen; auf den Millimeter kam es an.

Die schüchternen Einwände der Mutter übertönte er: «Der Doktor ist ein Trottel!» schrie der Großvater und ging.

Elin lag steif im Bett, entsetzt über die Maschine und dennoch erleichtert. Das neue Wort gefiel ihr. Sie probierte es, groß stand es in der Luft; darüber vergaß sie die Angst.

Der Trottel kam jeden Tag, massierte mit kalten Händen und behielt recht.

Elin genas, bevor der Großvater die Maschine bereit hatte. Gottfried bereute nichts; das Kind war ohne seine Hilfe gesund geworden, die Maschine aber stand bald in der Boutique am Ehrenplatz; sie war vollkommen.

Als Elin wieder in den Kindergarten durfte, gehörte sie zu den Großen. Nichts war wie vorher. Fremd kam sie sich vor, Marc fehlte, er ging zur Schule. Zum Trost lernte sie fliegen.

Heute mußten sie zeichnen. Elin malte mit der schlechten Hand den Mond und die vielen Sterne, leckte immer neu am gelben Stift. Dann kam der Himmel an die Reihe, der schwarz sein mußte, auch um die Zacken herum und den Vollmond. Das war das schwierigste, man durfte nicht hineinfahren ins Gelbe. Viel vom Himmel war noch weiß und leer; Elin wurde nicht fertig damit, es war Viertel vor zwölf.

Sie rannte nicht mit den andern Kindern, sie wartete auf der Steintreppe, bis sie allein war. Neunzehn Stufen waren es, Elin hatte sie gezählt. Weit unten glänzte das

Kopfsteinpflaster im Regen. Benommen schaute Elin auf die alte Mauer zur linken, zum Eisengeländer auf der andern Seite und wieder hinab auf die Straße. Sie fürchtete sich, aber sie tat, was sie mehr als alles auf der Welt sich wünschte. Sekundenlang schloß sie die Augen, öffnete sie dann weit, gab sich Aufschwung mit aufgestützten Armen, hob ab. Sanft löste sie sich vom Geländer und schwebte der Gasse zu. Die Luft trug sie, Elin hatte es gewußt. Sie landete auf den Füßen, starrte auf ihre neuen, roten Lackschuhe, atemlos vor Freude. Sie konnte fliegen, und ihr war, als hätte sie dabei gesungen.

«Warum ißt du nicht?» fragte Ruth. Elin biß sich auf die Unterlippe, bis es weh tat.

Nachts erschien wieder die Schwarze Frau, verfolgte das Kind die Treppe hinunter. Immer rannte es, immer wurden seine Beine schwer, bleischwer; auf der nächsten Stufe würde es gelähmt sein, ihr ausgeliefert, unerbittlich. Wenn es nicht aufwachte, berührte die Schwarze Frau es mit nassen Eishänden, nahm es mit auf den Dachboden.

Während der Krankheit hatte Elin etwas Neues gelernt: bevor die Hände sie erreichten, gerade rechtzeitig, mußte sie mit ganzer Kraft die Augen reiben; davon wachte sie auf, jede Nacht.

Dieses Geheimnis hatte Elin der Mutter erzählt. Seither fing die Frau sie, und um ihr zu entkommen, mußte Elin aus dem Dachfensterlein ins Dunkle springen.

Nun aber konnte sie fliegen. Sie würde nichts davon sagen.

Am Abend passierte ein neues Wunder. Das Bett bewegte sich, schaukelte leise, dann heftig, bis Elin begriff, daß auch das Bett fliegen wollte. Sie drückte sich tiefer ins Kissen und begann zu dirigieren: sie lenkte es, stoppte es erst dicht unter der Zimmerdecke. Grad über ihrem Gesicht waren nun die hellgrau gestrichenen Bretter aus Tannenholz, zweispurig liefen die Rillen dazwischen. Elin wurde schwindlig beim Zählen: einundzwanzigeinhalb Bahnen von einer Wand zur andern. Einundzwanzigeinhalb! Von jetzt an würde sie hier oben einschlafen. Zuckerwassersüß war der neue Schlaf; heute würde Elin aus dem Dachfenster fliegen und nie mehr fallen.

Im Sommer kam es zur ersten Trennung. Kein Betteln half, Lydia blieb beim Onkel im Haus. Aber schon im Zug vergaß das Kind seinen Kummer: ganz weit fort fuhren sie, in die Ferien, und es trug das weiße Kleid mit den Blautupfen und den Puffärmeln. Berit hatte das Röcklein genäht, in einem Tag.

Elin saß neben der Tante; sie roch nach Milch. Ihr Bauch war groß, wölbte sich kugelgleich unter der Bluse. Darin versteckte sie die braunen Spitzen, an denen Elin nie hatte saugen dürfen, nur Lisbeth und Anna.

Die Frauen reisten nicht allein. Helen war von Robert gezwungen worden, sie zu begleiten. Das war eine böse Sache für das alte Fräulein: in die Berge sollte sie, in einem primitiven Haus wohnen, umringt von Kühen und andern gefährlichen Tieren. Und dieser Zugwind! Sie würde sich mit Sicherheit den Tod holen. Ihr Lebtag war sie Ladenfräulein gewesen bei den Winters, bis Robert sie nicht mehr im Geschäft duldete und hinauf zu Lydia schickte. So blieb Helen im Haus, ergeben und doch zu nichts zu gebrauchen; ungeschickt und zittrig stand sie Lydia im Weg. Elin wich ihr aus, sie mochte es nicht, wenn die alte Frau sie berührte, um ihr eine Handvoll klebriger brauner Bonbons zuzustecken.

Aber heute achtete Helen kaum auf das Kind, auch mit Bonbons hatte sie nichts im Sinn. Starr schaute sie vor sich hin und hielt den Proviantkorb umklammert. Nur ihre Lippen bewegten sich mit den Härchen, an der Nase hing der ewige Tropfen. Nicht einen Knopf machte Helen auf von ihrem Mantel, der bis auf den Boden reichte; oben am Hals blitzte das Jabot mit der Perlbrosche, einzig heller Fleck an der ganzen Erscheinung; das Gesicht blieb im Schatten des riesigen Hutes.

Blitzgeschwind fuhr die Eisenbahn, schon war es Mittag und Essenszeit. Im Korb lagen Butterbrote und Äpfel, die bauchige Metallflasche mit süßem Schwarztee, in Seidenpapier gewickelte Gläser und Löffelchen und wunderbarerweise eine Tafel Schokolade für jedes Kind. An alles hatte Lydia gedacht.

Beim Umsteigen ließ die Mutter Elins Hand nicht los und sagte, im Postauto müsse sie bei ihr sitzen. Der Benzingestank war schlimmer als in Großvaters Auto, der Motor knatterte. Ruckweise quälte sich das gelbe Ungetüm bergwärts, immer im Kreis. Elin war schlecht, sie wollte nach dem Papiersack fragen, als die Mutter ihren Arm packte und ihn mit kalten Fingern festhielt. «Siehst du die Haarnadelkurven und den Abgrund?» fragte sie. Elin spürte ihre Angst und wußte nicht, was tun. Hilflos schaute sie sich nach den andern um.

Lisbeth hatte zu schreien begonnen, unsichtbar hinter der Lehne des Sitzes. Die Mutter wollte sie daran hindern, aber Elin kletterte aufs Polster und stand jetzt: Anna schlief mit dem Daumen im Mund, die Tante lachte mit blitzenden Augen, sie hatte Grübchen in den Backen dabei. Helen redete ganz allein, und zum ersten Mal sah Elin, wie der Tropfen sich zitternd löste und aufs Kinn fiel. Da blieb er hängen. Helen redete weiter, aber kein Wort war zu hören.

«Hier ist es katholisch», sagte die Mutter. Sie mußten zu Fuß bis zum Haus, das abseits vom Dorf lag, unter den Flühen, mitten in der Kuhweide. Herr Schelker hatte sie in Empfang genommen, half tragen zum Glück. Den Rest der Körbe und Koffer würde der Alois heraufbringen. Scheu betrachtete Elin den Bauernbub mit der Zahnlücke. Er sah interessant aus; sie mochte ihn, obwohl er katholisch war.

Das Haus gehörte dem Christlichen Verein Junger Männer. Wurden keine Lager abgehalten, stand es den Familien der leitenden Mitglieder zur Verfügung. Nur Herr Schelker besaß einen Schlüssel; er war der Verwalter.

Noch nie hatte Elin ein solches Haus gesehen, ganz aus Holz, dunkelbraun, ein richtiges Bauernhaus mit Feuerherd und Kachelofen. Das Obergeschoß und der Dachstock waren umgebaut zum Massenlager; das war das Allerschönste. Matratzen reihten sich endlos, darüber noch einmal so viele, zweistöckig. Leitern konnte man anstellen und hinaufklettern. Hundert graue Wolldecken mit farbigen Streifen am Oberteil lagen säuberlich gefaltet und aufgestapelt im Wandschrank.

Die Mutter hatte keine Angst mehr, sie lachte. «Wo willst du schlafen?» fragte sie. Und wirklich durfte sich Elin ihre Matratze aussuchen und die Wolldecken mit dem lustigsten Muster. Vom Staub mußte sie niesen, alle mußten niesen und freuten sich. Dann tauften sie das Haus, es brauchte einen Namen. Es war windschief, und weil Helen behauptete, es sei schon ganz morsch, nannten sie es Villa Morsch. Alle nannten es von da an Villa Morsch.

Außer der großen Küche und der Stube gab es noch zwei Kammern; in der ersten durfte Helen wohnen, in der hinteren Tante Berit, wegen ihres dicken Bauches, und Lisbeth. Aber Lisbeth wollte nicht im Kinderbett schlafen, stampfte mit dem Fuß und schrie, bis Berit nachgab. Ruth würde schon aufpassen!

Sie hatte recht; Ruth schlief im Massenlager. «Hier gefällt es mir», sagte sie. Sie war anders als daheim, fröhlich, spielte auf dem Harmonium und sang dazu. Sie kannte sich gut aus mit den schwarzen und weißen Knöpfen, griff sie einmal daneben, legte sie den Kopf in den Nacken, daß die Narbe unter der Bernsteinkette zum Vorschein kam.

Vor dem Einschlafen erzählte die Mutter Märchen, jedem Kind das seine, und daß draußen der Mond aufgegangen sei. Immer will ich hierbleiben, dachte Elin. Sie kämpfte gegen den Schlaf; das Ende von Jorinde und Joringel durfte sie nicht verpassen.

In der Villa Morsch trank man aus roten Ohrentassen, große weiße Punkte hatten sie, wie Elins Gummiball.

Seit Berit dem Kind gezeigt hatte, woher die Milch kam, trank es davon, auch ohne Kaffee. Es liebte jetzt die Kühe mit den blonden Wimpern um die Riesenaugen und konnte sich nicht sattsehen an den langen Zitzen. «Es ist wie bei den Leuten», hatte die Tante gesagt und ihre Brüste getätschelt, die bei jeder Gelegenheit aus der Bluse hüpfen wollten.

An heißen Tagen, wenn sicher kein Gewitter kam – darauf achtete Ruth, ohne sich vom Spott der Schwägerin beirren zu lassen –, stiegen sie hinunter zum Fluß. Er führte wenig Wasser im Sommer, träge bahnte er sich seinen Weg um die Steinblöcke. Weit über den Kopf ragte das Schilf, Sand war am Boden wie am Meer. Beim Kinderfelsen durfte auch Elin ins Wasser an der seichten Stelle, wenn endlich Sandalen und Socken ausgezogen und mit einem Kiesel beschwert waren. «Nur bis zu den Waden», mahnte die Mutter. Elin verstand sie nicht; die Kusinen planschten und machten sich überall naß. Tante Berit lachte geringschätzig, sie lachte über die Mutter. Das verwirrte Elin, es tat weh. Sie beschloß, eine hohe Mauer ums Schloß zu bauen, aus Steinen, nicht aus Sand.

Die Mauer wurde sehr hoch und schön, sie bestand aus lauter Edelsteinen. Als Elin aufschaute, war die Sonne hinter dicken Wolken verschwunden, Mama und Tante packten die Sachen zusammen und beeilten sich. Es würde nun doch ein Gewitter geben.

Eine Spielhölle gehörte zur Villa Morsch, dreimal so groß wie das Wohnhaus. Durch ein Türlein, eingelassen ins Scheunentor mit dem Querbalken, der hoch oben verankert lag, gelangte man ins Innere. Es gab auch einen Zugang von der Küche in die Tenne, der Abort befand sich im hintersten Teil. Ein Zwillingsgüllenloch mit Herzen in der Bretterwand! Die gefährlichen Löcher waren mit Deckeln verschlossen. Helen behauptete, daß es nach Salmiak stinke und ungesund sei hier. Es war kein Ort für Kinder, selbst Berit verbot ihnen das Häuschen. So kam der Topf zu neuen Ehren, und in der Spielhölle war sein richtiger Platz. Hier aßen die Christlichen Jungen Männer während der Lager an langen Tischen und spielten, wenn es regnete, mit den wunderbaren Dingen, die in den Schränken und Gestellen verstaut waren. Prallgefüllte Bälle aus verblaßtem Leder lagen einer neben dem andern, der Fuß tat weh, wenn man hineintrat, so schwer waren sie. Und Schachteln voll Federbällchen mit echten Federn. Wie Vögel flogen sie hinauf in den Baum und wollten bleiben in den Ästen, deshalb gab es so viele davon. Die Schläger mit den bemalten Holzgriffen waren groß, es war nicht leicht, damit zu spielen, es war herrlich. Und die Kegel! So weit konnte niemand zählen, keiner wußte, wie viele es waren, rote, blaue, ungefärbte. Mama half, sie aufzustellen, und Elin mußte unbändig lachen über das Jammern der Großen, wenn nicht ein einziger umfallen wollte.

Aber jetzt war es still in der Spielhölle. In der Reihe hatten die Kinder auf dem Topf gesessen, unter dem Tischdach, neben sich die alten Zeitungen, die zerknüllt werden mußten, bis sie weich waren. Dann war Tante Berit gekommen und hatte die Kusinen mitgenommen. Sie sollten hinaus in die Sonne, sagte sie, aber Elin blieb sitzen.

Das Tenntor reichte nicht bis zum Boden, durch den Spalt sah sie das Gras und den Tag draußen. Viele Ritzen und Löcher waren im Holz, die Sonne sah alle und schien hindurch. Zitternde Kringel malte sie auf den Lehmboden, um die Strahlen tanzte der Staub. Elin hatte nicht gewußt, daß so viel Staub in der Spielhölle war. Sie starrte: ob wohl die Kringel bis zu ihr unter den Tisch kämen? Dann sah sie die Zeitung. Gleichförmig kleine Zeichen bedeckten die Seite, aber oben waren sie dick und groß. Es sind Buchstaben, fiel ihr ein, und langsam sagte Elin laut, was sie wußte: E EN DE E, EEN DEE, immer schneller, bis sie begriff, es war das ENDE, das Ende! Sie konnte lesen und es doch nicht glauben. Aufgeregt probierte sie ein neues Wort; es ging, sie konnte es. Beim Aufstehen stieß sie sich den Kopf am Tischdach, daß ihr die Tränen kamen.

«Was machst du denn für Augen?» fragte die Mutter. Sie half Helen beim Kochen, Polenta mit Tomatensauce und nachher Apfelschnitze würde es geben zum Mittagessen. Elin zögerte: war Lesen Geheimnis wie Marc und das Fliegen? Oder doch etwas anderes? Durfte sie es sagen? «Es ist, weil ich lesen kann», platzte sie heraus und biß sich auf die Lippen. Die Mama rührte weiter im Kessel, der Mais durfte nicht anbrennen. Sie tat, als sei nichts geschehen, sie lächelte, und Elin las in ihren Augen, daß sie ihr nicht glaubte. Helen hatte nichts gehört.

Die Kühe weideten frei ums Haus. An diesem Tag tönten ihre Glocken nur leise; sie waren auf der hintern Wiese, wo das Gras hoch stand. Der Augenblick war günstig, Helen konnte es wagen, die Wäsche draußen aufzuhängen. Elin half ihr dabei, hielt die Schürze zusammen mit den Holzklammern und paßte auf, daß sie rechtzeitig zwei in der Hand hatte, bevor Helen rief. Lustig flatterten die Sachen im Wind, und wenn man gerade nicht daran dachte, fiel einem ein Tropfen aus nassen Socken mitten auf die Nase. Die schwarzen Strümpfe Helens berührten beinahe den Boden, so lang waren sie.

Wellenförmig stieg der Berghang bis zu den Flühen unter dem Sommerhimmel. Bevor die Nacht kam, glühten sie wie Feuer, es dauerte lange, bis sie rosa wurden und dann bleich. Das war das Abendrot, und manchmal mußte die Mama weinen, weil es so schön war.

Es bimmelte hell und immer lauter, plötzlich erschien die Herde auf dem Absatz oben und begann, die Wiesentreppen herunterzulaufen, kam schnell näher, rannte direkt auf Helen und Elin zu. «Die Stiere kommen», schrie Helen. Unsanft packte sie das Kind am Arm und stürzte dem schützenden Haus zu, der Tenne, das war der kürzeste Weg. Das Tor stand weit offen, wie es an heißen Tagen die Regel war, um das Muffige aus der Spielhölle zu vertreiben. Furchtbar schrie die alte Helen, warf sich mit dem Körper gegen den einen, dann den andern Flügel, schob und drückte, und ihr gelang, was nur ein Mann konnte. Elin spähte durch die kleiner werdende Öffnung, sah die Tiere an der Wäscheleine vorbeiziehen, wild springend, aber keines kam bis zur Tenne. «Die wollen gar nicht herein», sagte sie, aber Helen hatte keine Ohren dafür. Sie mühte sich laut weinend, endlich den schweren Riegel zu verankern, die Scharniere quietschten, das Holz seufzte, dann war das Tor verschlossen.

Helen wurde krank vom Schrecken, Mama mußte mit ihr in die Kammer gehen und bei ihr bleiben, weil sie sich immer noch fürchtete. Daß es keine Stiere, nur dumme junge Rinder gewesen waren, davon wollte sie nichts hören: «Ich weiß, was ich weiß», sagte sie und blieb im Bett, auch am nächsten Tag. Ungern machte

Elin ihre Krankenvisite und nur, weil die Mutter darauf bestand. Es roch nach Helen in der kleinen Stube, diesen Geruch konnte Elin nicht ausstehen. Sie erschrak über die fremde Frau im Nachthemd, bis sie sah, daß es doch Helen war mit ungekämmten Haaren im bleichen Gesicht.

«Du bist so dünn», sagte Elin verschüchtert.

Helen kicherte und winkte das Kind ans Bett.

«Jetzt schau», befahl sie, streckte einen Fuß aus der gewürfelten Decke und bewegte ihn hin und her. Jede Zehe war in ein Röhrchen gepackt, bis hinauf zum Nagel. Solche Socken trug Helen, Fingerhandschuhe für die Füße. Davon hatte sie viele.

Jetzt im Sommer kam nur noch ein schwarzwollener vor den Strümpfen, im Winter aber ein dritter und vierter, Hülle auf Hülle, und genauso war es mit den Leibchen und Hosen und Röcken. Durcheinander lagen die Sachen auf dem Stabellenstuhl neben dem Bett, alles selbstgestrickt, schwarz und weiß.

«Ich zeig es dir», sagte Helen. Sie war mit Leichtigkeit aufgestanden, knöpfte das Barchenthemd auf und ließ es einfach zu Boden fallen. Furchtbar sah sie aus im Leibchen, das Kind mußte ihr helfen beim Anziehen. Es wagte keinen Widerspruch, aber die ganze lange Zeit atmete es durch den Mund.

Die Bonbons behielt Elin in der Schürzentasche, bis ihr das Güllenloch in den Sinn kam. Trotz des Verbots schlich sie sich zum Häuschen, legte die braunen Würfel aufs Sitzbrett und schob sie der Reihe nach an den Rand des Loches und hinunter. Es waren viele, auf jeden folgte ein leiser Aufklatsch.

Auf der extrakleinen Raffel, die gänzlich in ihrer Hand verschwand, rieb Lydia steinharte Muskatnuß in den Kartoffelbrei.

«Du Böses hast mich ganz vergessen», sagte sie, rieb und rieb und schaute nicht auf. Betroffen stand das Kind unter der Tür. «Nur in den Bergen», brachte es hervor und starrte auf die Bodenfliesen. Eine schwarze, eine weiße – ich will sie zählen, fuhr es Elin durch den Kopf –, heftig biß sie sich auf die Unterlippe. Das Reiben hatte aufgehört, es war still. Scheu blickte sie zu Lydia. Sie lächelte, Elin stürzte ihr entgegen und roch den vertrauten Veilchenduft. Jetzt war es gut; Elin war nachhause gekommen.

Zum Kartoffelbrei gab es Fleischkügelchen an weißer Sauce, grün gesprenkelt vom Schnittlauch, und zum Dessert Weinschaumcrème; das Lieblingsessen Elins.

Lydia hatte in der guten Stube gedeckt. Auch an Elins Platz stand ein Otzwilglas, kostbar und unendlich zerbrechlich. «Und wie hat sich die fromme Lene gemacht?» unterbrach der Onkel das Durcheinandererzählen. Eben beschrieb Ruth, wie man den alten Herd anfeuern mußte, um zu kochen. Sie verstummte, eine Weile war nur das Klappern des Bestecks zu hören und dann das erstickte Lachen des Kindes. Helen hieß beim Onkel die fromme Lene! Auch das hatte es vergessen. Elin schluckte, dann sagte sie es doch: «Ohne Kleider ist sie furchtbar dünn, sie hat es mir gezeigt.» Sie hörte das Trommeln, Vater trommelte auf dem Tisch; er war böse. Die Großen flüsterten, und Mama hatte ein rotes Gesicht.

Lydia hatte sich gehenlassen. Ohne die Gegenwart des Kindes wuchsen die Schatten erneut an den Wänden ihres Denkens. Daran kam sie nicht vorbei: Sie haßte Robert unvermindert, verachtete ihr Dasein, selbst die Erinnerung an fernste Zeiten, als Otzwil noch die Welt gewesen war, erfüllte sie mit unsäglicher Bitterkeit.

Aber als Elin zurückkam, schlug Freude über ihr zusammen, und sie spürte das Leben in sich.

Daran klammerte sich Lydia. Der Herbst nahte, sie war müde. Nur wenn das Kind mit ihr zusammen war, atmete sie leichter. Aber Elin ging in den Kindergarten oder spielte mit den Kusinen an der Ringmauer.

Eine Buchsbaumhecke schirmte die Promenade von der Straße ab. An der Ringmauer entlang lagen die Blumenbeete der Großmutter, mit Rosen und Schwertlilien, Klatschmohn und berghimmelblauen Kornblumen. Die Wege waren gekiest und dazu da, in Felder aufgeteilt und überhüpft zu werden, zum Laufen gab es das Gras. Das durften die Kinder, sie meinten, die Promenade gehöre ihnen samt den Bäumen und der Hecke. Am liebsten war Elin der Große Baum. Bis auf den Boden hingen die Zweige, man kroch hindurch und war im Haus. Durch die Laubwände schimmerte der Tag. Trauerweide hieß der Baum, das war sonderbar, denn das Kind spürte, daß er sich immerfort freute. Aß man hundert Blätter, konnte man fliegen. Elin sagte es den andern. Sie aßen. Nie mehr als vier oder fünf; keines der Kinder kam zum Fliegen, keines konnte so viel essen. Aber sie glaubten daran, felsenfest, selbst Elin, obwohl sie die Blätter gar nicht brauchte. Zu gern hätte sie gewußt, ob das Essen die andern zum Fliegen brachte.

Versteck spielten sie im Haus. Sie stahlen sich aus dem Kinderzimmer durch die hintere Tür ins Lager, immer in der Angst, vom Großvater erwischt zu werden. Das Lager war sehr groß, verteilte sich über mehrere Etagen, verbunden durch steile Treppen oder einige hohe Stufen. Es war die Möbelwelt, hier war ausgestellt, was Großvater Gottfried zu bieten hatte.

Im Bettenland reihten sich die Himmel-, Doppel- und Kinderbetten, sogar eine Wiege, wundersam geschnitzt, stand in der Ecke; mit seidenen, gesteppten Decken, mit Fransen und Quasteln versehen in allen nur denkbaren Farben. Dann kam das Sofaland mitsamt den Fauteuils; das Eßzimmer- und Küchenland, und dann kamen die Teppiche. An Stangen gehängt fielen sie einer hinter dem andern schwer auf die Dielen. Möglichst dicht bei der Wand galt es, sich dazwischenzuzwängen, dann war das Spiel gewonnen. Aber nach den ersten Malen suchte Anna nicht mehr in den Schränken oder unter einer Steppdecke, sondern lief sofort zum Teppichwald, obwohl sie sich davor fürchtete, stieß mit der Hand dagegen und behauptete, sie hätte Elin gefunden. Elin hielt den Atem an, überzeugt, vollkommen unsichtbar zu sein, und lauschte. Es war mäuschenstill, Anna mußte fortgegangen sein. Die Zeit dehnte sich, ihr wurde unheimlich in der staubigen Enge, und sie bahnte sich den Weg zurück ans verschattete Licht der Glühbirne. Da standen Lisbeth und Anna und behaupteten, sie hätten gewonnen. Der Teppichwald war kein Versteck mehr. Elin fand ein neues. Ein Stockwerk weiter unten, im Erdgeschoß zum Letzigäßlein hinaus, lag die Boutique, wo die Männer und der Großvater das Holz in der Maschine zersägten, hobelten und leimten, daß es wunderbar roch. Die Boutique war leer, es war Sonntag. Elin war gerannt, daß ihr das Herz im Hals klopfte, jetzt schaute sie sich um. Von der Promenadenseite fiel die Nachmittagssonne durch die Fenster hoch oben, und durch die verglaste Tür schien das Grau der Gasse. Auf Böcken ruhte die Kiste aus hellem Holz. Elin fand einen Schemel, rückte ihn zurecht und kletterte hinauf. Sie brauchte ihre ganze Kraft, um den Deckel zu bewegen.

Gierig sog sie den Geruch in die Nase, er verstärkte sich, als es ihr gelang, den Deckel über sich zuzumachen. Nur ein kleiner Spalt blieb offen. Sie lag und freute sich. Hier würde niemand sie finden.

Stimmen weckten sie. Unter allen erkannte Elin den zornigen Baß des Großvaters und erschrak. Gefangen lag sie in der harten Kiste, alles tat ihr weh jetzt. Sie hörte, wie der Großvater herankam und den Ruck am Deckel.

Vergeblich hatte Anna vor der Teppichwand gewartet und gerufen, wütend und dann voll Angst; in der Ecke bewegte sich etwas, überall lauerten Schatten. Lisbeth begann zu weinen, und wie auf Kommando jagten die beiden zurück ins rettende Kinderzimmer.

Berit ließ sich nicht aus der Ruhe bringen. Sie war im letzten Monat ihrer Schwangerschaft. Aber es wurde später, es wurde Abend. Elin blieb verschwunden. Alle suchten nach ihr, angeführt von Großvater Gottfried. Er hatte verboten, Ruth zu benachrichtigen. Er mußte das Kind finden, bevor man es daheim vermißte. Niemals würde er zulassen, daß in seinem Haus ein Unglück geschah. Jede Nische, jedes Möbel war mit der Taschenlampe ausgeleuchtet und von seinen ungeduldigen Händen abgeklopft worden. Endlich stieg er hinunter in seine Boutique; hier mußte es sein, hier war die letzte Hoffnung.

Und es war hier, das Elendskind, es schlief im frisch gemachten Sarg.

Elin wurde nicht bestraft, zum Abendessen durfte sie bleiben. Tante Berit hatte Hefekuchen gebacken, warm aß man ihn zum Apfelmus, das säuerlich schmeckte, so ganz anders als bei Mama. Als sie aufschaute, stand der Großvater im Türrahmen, mit der Sonntagsjacke, deren Knöpfe nicht zugingen über dem Bauch. Stumm wartete er, bis Elin ihren grünen Kapuzenmantel angezogen hatte.

Zum ersten Mal ging das Kind an seiner Hand nach Hause, durch die Letzigasse, vorbei am Metzgerladen an der Ecke. Sie schwiegen; erst als sie am Brunnen vorüberkamen, fragte der Großvater, ob es wisse, warum es sich nicht im Sarg verstecken durfte. Elin wußte es nicht, aber um ihn nicht zu verärgern, versuchte sie eine Antwort: «Weil du ihn neu gemacht hast?»

Er schnaufte, und seine Hand zerdrückte Elins Finger. «Nur Tote dürfen hinein, nur sie! Hast du verstanden?» Das Kind nickte zögernd, es war froh, daß sie jetzt vor dem Hofgitter standen. Das Tor war verschlossen. «Du mußt läuten», sagte es, «dreimal.» Es war Lydia, die ihnen öffnete. Sie hatte Licht gemacht über der Eingangstür und im Hof, um das Schlüsselloch auf Anhieb zu treffen. Gottfried erschrak vor dem erloschenen Gesicht, hinter ihr ragte düster das überhohe Haus. Dies ist kein Ort für ein Kind, fuhr es ihm durch den Kopf, aber schon hatte sich Elin losgerissen und schmiegte sich eng an Lydia. «Wo ist Ruth?» fragte er. Ruth war in der Gebetsstunde und Louis auch. «So, so», brummte Gottfried, «nehmt das Kind, es ist müde.»

Er blieb vor dem wieder verriegelten Gitter, bis kein Ton mehr zu hören war, dann nahm er den Weg durch die kleine Gasse und wartete auf dem Trottoir gegenüber dem Winterhaus. Erst als er Licht in Elins Zimmer sah, oben im dritten Stock, ging er heim mit zornigen Schritten.

Mit dem Sarg und den Toten, die hineingehörten, mußte es eine schreckliche Bewandtnis haben.

Mama kamen die Tränen, und Lydias Gesicht schien aus Stein gemacht, als sie von der Geschichte erfuhren. Auch sie schimpften nicht; es war viel schlimmer. Aber am meisten machte Elin die Sache mit dem Himmel zu schaffen, dahin fuhren doch die Toten. Und jetzt stellte sich heraus, daß sie in den Sarg kamen.

Einzig Onkel Robert hatte Elin keinen Kummer gemacht. Er wollte sich ausschütten vor Lachen und mußte sich fest auf die Brust klopfen; beim Lachen bekam er seinen bösen Husten.

«Chapeau», rief er, tätschelte mit der beringten Linken die Wange des Kindes, «wer hätte das der Kleinen zugetraut.» Das «Chapeau» war ein Lob, und Elin fühlte sich getröstet.

Der Sarg wollte Lydia nicht aus dem Kopf. Tag und Nacht verfolgte sie das Bild Elins, wie sie darin schlief.

Sie suchte Zuflucht in der Laube, saß auf der Bank und starrte zum Fenster in die zunehmende Dämmerung. Sie machte kein Licht. Die Tage waren kurz geworden, es ging auf Ende Oktober zu. Sie las nicht. Unbeweglich saß sie, tränenlos, und wartete auf die neue Welle von Schmerz, die unwiderruflich über ihr zusammenschlug. Lydia hatte zu kämpfen aufgehört.

Dann kam der Traum.

Sie war in einem hellen hohen Raum. Noch nie war sie hier gewesen, dennoch fühlte sie sich vertraut mit allem. Und da war ja das Kind. Elin wollte spielen, Versteck spielen, sagte sie und kletterte am Tischbein hinauf wie ein Äffchen. Erst jetzt erkannte Lydia, daß auf den schmalen Gestellen in langen Reihen die Särge standen. Es fiel ihr ganz leicht, ohne Mühe gelangte sie auf den Tisch, hob das schlafende Kind aus dem Sarg und legte sich an seinen Platz. Es war ihr Platz. Sie fühlte, wie der Schlaf kam und mit ihm unsägliche Erleichterung.

Mitten auf dem Frühstückstisch stand die Überraschung. Im ersten Moment begriff Elin nicht, dann ging ihr auf, daß es der heißersehnte Toaster sein mußte. Wohl war er kleiner als bei Tante Berit, trotzdem war es ein wunderbarer Toaster. «Mama, sieh doch!» jubelte Elin. Wie sich das Kind freuen konnte, dachte Ruth und vergaß ihre schlaflose Nacht.

Die Gittertürchen ließen sich an einem Griff aus dunkelbraunem Bakelit öffnen, dahinter wurden die Brotscheiben geklemmt. Auf Knopfdruck ging es dann los: Der Rost in der Mitte begann leise zu knistern und zu glühen. Man konnte riechen, wie das Brot röstete. Rechtzeitig galt es, die Scheiben umzudrehen, und niemals durfte man vergessen, den Knopf zweimal zu drücken, wenn der Toast fertig war.

Elin sah der Mutter zu, dann durfte sie allein probieren. Sie konnte es. Wie rasch die Butter auf der Kruste schmolz; nur eine feuchte Glanzspur blieb, und die Konfitüre schmeckte nach den Sommerbeeren im Wald!

«Es wird Zeit», mahnte die Mutter. Elin mußte in den Kindergarten. Aber vorher wollte sie zu Lydia, ihr zwei selbstgemachte Toaste bringen.

Eine warme Scheibe in jeder Hand rannte das Kind hinunter in den ersten Stock.

Im Gang war es dunkel, aber aus der Küche hinten drang durch die Milchglasscheiben ein mattes Licht, ergoß sich im ungefähren Halbkreis auf die Fliesen.

«Lydia», rief das Kind. Es ging jetzt langsamer und war froh, als es die Tür erreichte. Die Tür war zu.

«Lydia?» Sie mußte da sein, sie war immer da. Elin steckte die Brote in die Schürzentasche, drückte auf die Klinke und mit der Schulter gegen die Tür. Sie ging auf, aber nur spaltbreit, etwas stemmte sich dagegen, jemand in der Küche stemmte sich mit ganzer Kraft dagegen, um Elin den Einlaß zu verwehren. Durch die schmale Öffnung strömte zischend der böse Geruch. Das ist Gas, durchzuckte es Elin, sie wollte weglaufen, schreien, aber sie mußte zu Lydia. Mit dem ganzen Körper warf sich das Kind gegen die Tür, da gab sie nach. Die Küche war in bläulichen Nebel gehüllt, in verschattetes Licht. Und im Türwinkel lauerten die verschwommenen Umrisse der Schwarzen Frau.

Aber sie war wach, wußte Elin, und es war Lydia, die sich dort vor ihr versteckte, weil sie tot sein wollte.

Die Mama war am Telefon, wehrte ungeduldig ab mit der Hand, als das Kind in die Stube stürzte. Ihm war schlecht, die Zimmerwände drehten sich.

«Lydia vergast sich», schluchzte es, «sie vergast sich!»

Elin hatte sich zwischen die Kissen des grünen Kanapees verkrochen und lauschte mit zusammengepreßten Augen. Noch immer war ihr schwindlig.

Dann verstummten allmählich der Lärm der hastigen Schritte und die aufgeregten Stimmen. Es blieb nur das Weinen Lydias aus der unteren Stube. Dann kam die Mutter.

«Es ist nichts passiert», sagte sie, «aber Lydia ist sehr traurig. Willst du sie trösten?»

Mit großen Augen schaute das Kind zur Mutter. Es war nichts passiert? Glaubte ihm die Mama nicht?

«Nun sei lieb und komm», sagte sie schließlich nervös, bleich sah sie aus und müde, «es ist ja alles wieder in Ordnung.»

Nichts war in Ordnung; das begriff das Kind, als es zögernd das Zimmer betrat. Helen war da und wollte Lydia zwingen, den heißen Kamillentee sogleich zu trinken. Aber Lydia wollte nur Elin. Alle mußten hinaus, Elin mußte bleiben.

Lydia ließ das Kind nicht los, hielt es an sich gepreßt und machte es naß mit ihren Tränen.

Sie redete, und ihre Worte fielen wie Steine auf den Grund seiner Seele. Manches verstand Elin nicht, spürte nur die Schwere, davon schlief sie ein und wurde wieder geweckt vom vogelleichten Streicheln ihrer Wangen. Elin sah, daß sie mit Lydia war, so fand sie sich zurecht. Der Morgen war vergangen.

Auf einem Tablett hatte Helen Krankensuppe und Tee gebracht. «Einen Löffel für Mama, einen für Elin», sagte das Kind. Und Lydia schluckte die Fleischbrühe mit den aufgeweichten Brotbrocken, viel Petersilie schwamm um die Fettaugen.

Lang und kurz schien der Tag, dann war die Dämmerung im Zimmer. Vater und Mutter schauten durch die Tür, und immer wieder die jammernde Helen.

Nur Onkel Robert war in seinem Bureau geblieben, die ganze Zeit, auch am Morgen schon, als Lydia sich vergaste an ihrem Silbernen Hochzeitstag.

Klopfzeichen

Die Ringmauer hatte nichts von ihrem Reiz verloren, obwohl die Tür zum Lager vom Großvater verriegelt worden war. Den Schlüssel trug er am Bund in seiner blauen Hosentasche.

Ein neues Bébé war gebracht worden, diesmal hieß es Philipp. Es wurde viel Aufhebens gemacht um diesen Philipp; der Großvater war anders als sonst, er schimpfte nicht, er lachte, selbst als er die Mädchen beim Rutschen auf dem Geländer erwischte. Um diese Zeit war er sonst in der Boutique, aber jetzt machte er häufig einen Besuch oben bei den Jungen. Nach der Geburt des Stammhalters hatte Berit seinen Besuch erwartet. Sie wußte, diesmal würde er kommen. Und Gottfried kam, mit einer Flasche Wein unter dem Arm betrat er zum ersten Mal ihr Zimmer, stand trotzig und stolz an ihrem Bett. Er ließ sich Zeit mit der Betrachtung des Neugeborenen, fand endlich nichts auszusetzen und brummte seine Gratulation. Er befahl Max, die Flasche zu öffnen, und ging hinaus, um mit ihm auf den Buben anzustoßen.

Berit blieb die Ausländerin, aber sie war die Mutter Philipps. Das konnte ihr niemand streitig machen. Natürlich galten Gottfrieds Besuche einzig dem Kind, aber in seiner maßlosen Freude geschah es manchmal, daß ein Lächeln an Berit abfiel; sie fing es auf und gab es zurück mit halb geschlossenen Augen. Den Spott darin sollte er nicht sehen.

Nun hatten die Kusinen einen Bruder.

Er roch wie Tante Berit. Elin war nicht wegzubringen vom Stubenwagen. Sie bestaunte die Winzigkeit des Bébés, sein zerknittertes Gesicht. Lange Härchen klebten an den Lidern: es war häßlich.

Mit dem Finger betastete Elin den Philipp, drückte hier und da, wo der Bauch sein mußte oder ein Bein unter der Decke. Philipp schlief.

Elin schaute sich in der Stube um, niemand war da. Entschlossen beugte sie sich über die Wiege, faßte nach der Bébéhand und begann zu beißen. Zuerst vorsichtig, dann kräftiger biß sie, ohne das Zwergengesicht aus den Augen zu lassen. Es dauerte lange, bis sich etwas regte darin. Sie biß, bis endlich Grimassen kamen, Zuckungen liefen über die blaurote Haut. Philipp riß die Augen auf und schrie; Porzellanaugen, die nichts sahen, sie sahen Elin nicht.

So war es auch mit dem Auge Gottes, das wußte sie nun. Jedenfalls bis hierher reichte es nicht. Abgrundtief Böses hatte sie getan, und Gott sah es nicht, vielleicht schaute er einfach weg. Der Abdruck von Elins Zähnen war deutlich sichtbar, aber auch das merkte niemand, auch Tante Berit nicht.

Eine Zeitlang ging Elin weniger gern an die Ringmauer; das schlechte Gewissen plagte sie. Beißen war Sünde; der Liebe Gott war blind oder fortgegangen.

Lydia freute sich, wenn Elin daheim blieb. Sie durfte ihr beim Backen helfen. Im Haus begann es nach Weihnachten zu riechen, und darüber vergaß das Kind seine Sehnsucht nach dem Milchduft der schwedischen Tante.

Manchmal, bevor es dunkelte, dachte Elin daran, eine Sünde auch im Zimmer zu probieren. So viel Böses gab es zu tun. Sie wollte es versuchen, auch wenn das Auge nicht mehr an der Wand hing; einmal war Gott hiergewesen!

Lydia saß in der Küche, das Haus schlief. Sie schenkte sich eine letzte Tasse Tee ein, glühheiß trank sie ihn, um den nagenden Schmerz im Magen zu betäuben. Nur damit gelang es ihr. Jede Uhr schlug ihren einen Schlag und endlich auch jene, die immer Verspätung hatte. Neu lastete die Stille, und dann vernahm Lydia zum zweiten Mal in ihrem Leben das Geräusch. Aus dem Schrank mit dem Geschirr kam es; unverkennbar, dumpf und dennoch alles durchdringend war das Klopfen von der andern Seite der Welt.

Ihre erste Regung war, hinaufzulaufen, um nach dem Kind zu sehen. Aber sie blieb sitzen. Das Klopfen war verstummt. Nein, Elin galt es nicht. Das Bild Roberts war in ihrem Kopf, sie sah ihn liegen, sah, daß es nicht das Ende war.

Sie fand ihn im Schlafzimmer am Boden, mit wächserner Haut, ohne Besinnung. Robert wirkte riesenhaft in seinem Daliegen. Lydia empfand nichts, sie tat nur einfach, was es zu tun gab, weckte ihren Neffen und Ruth und wartete auf das Kommen des Arztes. Zu viert hoben sie den schweren Körper aufs Bett. Der Schlag hatte Roberts linke Seite getroffen. Ein unaufhörliches Zittern durchlief die kranke Hälfte, beim Lid fing es an, ging übers Gesicht und weiter, bis es bei der blaugeäderten Hand angekommen war. Da verhielt es, schien zu ersterben, während eine neue Welle das Auge umzuckte und sich ihren Weg nach unten bahnte. Einzig das Bein zitterte nicht.

Lydia verweigerte jede fremde Hilfe. Es war an ihr, Robert zu pflegen. Er gehörte ihr.

Lydia schloß die Schlafzimmertür. Der Schlüssel hatte gesteckt, all die Jahre, nie benutzt. Jetzt drehte sie ihn. Reglos stand sie vor dem Spiegel des hohen Schrankes. Sie sah die gebeugte Gestalt, das bleiche Haar zur Krone aufgesteckt, und dann hinein in die geweiteten Augen.

Endlich nickte sie sich zu und richtete sich auf zu ihrer alten Größe.

Das Hochzeitskleid hing zuhinterst an seinem Platz. Leicht glitt die schwarze Seide über ihren Körper und paßte wie damals.

Das heiße Wasser im Emailbecken war jetzt abgekühlt; Lydia begann, ihren Mann zu waschen.

Die Haare der Achselhöhle waren fein, ungekräuselt, aschblonde Schatten auf dem Alabaster seiner Haut. Robert war schön. Sie entkleidete ihn ganz und sah ihn nackt, zum ersten Mal. Ja, er war schön. Er war noch immer schön.

Vorsichtig fuhr sie mit dem Schwamm über die schimmernde Haut. Zuletzt wusch sie sein Geschlecht, und unter ihren Händen wurde es lebendig und wuchs.

Als Lydia den Kopf hob, sah sie, daß Robert bei Bewußtsein war. Seine Augen ließen sie nicht los, mit einem Ausdruck, der ihr fremd war. Bis sie begriff, daß er Angst hatte; Robert fürchtete sich vor ihr.

Sie zwang sich zur Ruhe, nichts sollte er in ihrem Gesicht lesen können, unbeweglich hielt sie seinem gequälten Blick stand.

Sie pflegte Robert, wie sie selbst das Kind nicht gepflegt hatte. Sie waren zusammen Tag und Nacht. Keiner seiner Atemzüge durfte ihr entgehen, auch im Schlaf hörte Lydia zu ihm hin. Bei der leisesten Bewegung, dem geringsten Seufzer kam sie zu sich, lag angespannt lauschend im matten Licht der verhängten Nachttischlampe. War sie sicher, daß der Kranke schlief, überließ sie sich ihren Grübeleien.

Sie fand sich nicht zurecht. Tastend suchte Lydia nach dem vertrauten Brennen; es war fort. Es hatte sie verwüstet, und jetzt fehlte es ihr. Was an seine Stelle treten mochte, hatte keinen Namen. Es waren Bilder, die in ihrem Kopf tanzten, klar und gleich darauf verwischt, und Empfindungen, die sie nicht fassen konnte. Etwas aber nahm sie mit in den Schlaf: ihr unbedingtes Wollen, über Robert zu wachen – und daß sie sich hüten mußte.

Weihnachten war vorüber, Robert ging es besser.

Allmählich gewann er die Sprache zurück, später den Gebrauch seiner Glieder. Das Zittern blieb; darüber geriet er in sinnlose Wut. Niemals würde er sich damit abfinden! Wohl hatte er überlebt, aber er war ein alter Mann geworden mit einem Schlag.

Mechanisch zählte Elin die Stufen, acht bis zum Absatz, acht zum Dachboden, acht Tage bis zum Geburtstag.

Im Frühjahr kam sie zur Schule, aber selbst die Aussicht, Marc im großen Schulhaus wiederzufinden, half nicht. Nichts half, und Lydia zauberte nicht mehr. Sie war immer beim Onkel.

Vielleicht käme sie und würde ein Wunder tun, wenn Elin nach ihr riefe im Traum. Aber sie träumte nicht, sie war wach: jede Nacht war ein finsterer Tunnel ohne Anfang und Ende, und sie war sicher, niemals zu schlafen. Neu und schrecklich fürchtete sie sich vor der Stelle an der Wand.

«Verdreh doch den Onkel», hatte sie gesagt und fest auf den Platz von Gottes Auge geschaut.

Jetzt lag Onkel Robert krank im Bett und zitterte.

Erneut saß Elin auf dem Treppenabsatz vor der Gangtür. Durch die gerippten Glasscheiben konnte sie die andere Tür sehen, jene, die ins Zimmer führte, wo der Onkel am Ende gar starb. Sie wartete, aber Lydia kam selten, immer eilig, sie hatte so viel zu tun. Elin hatte ihre gesunde Farbe verloren und war durchscheinend, aus Wachs, und wieder sehr dünn.

Nur weil es brannte – oben an der Wand leckten die Flammen zur Decke, mit orangeroten und bläulichen Zungen –, wagte sich Elin durch den Gang zum Zimmer Lydias.

Die Betten standen hoch und drohend im Raum. Dann sah sie die Hand, rannte darauf zu und ließ sich hinaufheben. Lydia lächelte; auch sie konnte sehen im Dunkeln. Nun war das Kind warm an ihrer Seite, ihr Körper schützte es vor dem Onkel nebenan, der böse zischte im Schlaf.

«Es brennt auch bei dir», flüsterte es, «schau doch.» Lydia strich ihm über die Augen, und als es sie wieder aufmachte, war das Feuer am Schrank oben erloschen.

Das Kind spürte Lydias Einschlafen und wie sie es mitzog, als ihm die Sünde in den Sinn kam. Es zuckte zusammen und war wieder hellwach. Lydia drehte den Kopf, und Elin fühlte ihr Ohr dicht an den Lippen. Es war groß und kühl, es roch nach Veilchen; da hinein redete Elin und sagte, warum der Onkel verdreht sei.

Lydias Körper wurde steif und wieder weich, sie schwieg. Nichts war zu vernehmen als das Zischen Roberts.

Im Morgengrauen trug Lydia das Kind zurück in sein Zimmer.

Weißes Zauberlicht fiel durch die Fenster. Schlaftrunken sah Elin hinaus in die verwandelte Welt. Dicke Hauben lagerten auf dem Nachbardach, überall war Schnee, und aus dem verhangenen Grau des Himmels fielen Millionen Flocken immerzu. Jetzt erinnerte sich Elin. Sie war unschuldig, Lydia hatte es gesagt in der Nacht. Vier Toastbrote wollte sie essen zum Frühstück und Mama bitten, den Schlitten aus dem Keller zu holen.

Der Engel war eigentlich ein Mann und hieß Carl.

Das erste Mal erschrak das Kind, als er plötzlich an seinem Bett saß, blau angezogen, im langen weiten Kleid, auch die Flügel schienen blau, hellblau. Es war Morgen, noch früh, wußte das Kind, denn durch die verglaste Tür zum Bad drang Licht. Es hörte Lydia hantieren, es schlief nicht. Der Engel schwieg, saß nur da und war schön. Zur Probe schloß Elin fest die Augen, riß sie wieder auf, nachdem sie bis hundertsieben gezählt hatte. Der verlorene Handschuh mit dem Norwegermuster lag auf der Decke, den hatte sie sich zurückgewünscht. Der Engel lächelte ein wenig, aber er begann, sich aufzulösen. Seine Umrisse wurden durchsichtig, er verschwand. Nur ein hellblaues Leuchten blieb noch am Platz, wo er gewesen war.

Dieses Wunder für sich zu behalten war nicht möglich.

Aber die Mutter, die doch alle Engel kannte, selbst ihre Namen, schüttelte den Kopf und machte ihr besorgtes Gesicht: «Du hast zuviel Phantasie», sagte sie, dabei sah sie über Elin hinweg zum Vater, der schweigend seinen Milchkaffee trank. Einzig Lydia glaubte dem Kind.

Der Engel war vielleicht kein rechter Engel, aber er war Carl. Beim Einschlafen nämlich nahe der Zimmerdecke begann das Bett zu schwanken. Jemand rüttelte daran, daß Elin schwindlig wurde.

«Mach Platz», befahl der Engel. Ganz verändert sah er aus, kleiner, seine Flügel waren weg. Natürlich konnte er auch ohne Flügel fliegen; sein Name war Carl, mit C. Unter seinem Gewicht sank das Bett zu Boden.

«Wenn du willst, daß ich mit dir spiele, darfst du nichts verraten», sagte Carl, «ich bin ein Geheimnis.»

Elin nickte schuldbewußt.

Carl lebte nicht im Himmel, sondern in der Erde. Unter dem Bett war die Stelle, wo sich der Boden öffnete.

Durch einen dämmrigen Moosgang gelangten sie hinab in den Wald, auch Wiesen und Bäche gab es und den Grünen See. Überall konnte man spielen unter dem nächtlichen Himmel, an dem drei Monde wanderten, zwischen den farbigen Sternen. Jeder Stern sang. Es gab warme, fast helle Orte, und gefährlich dunkle, alle waren verzaubert, und immer war es Nacht. Hier war Carl zuhause. Merkwürdige Geschöpfe lebten in seiner Welt, wie Elin sie noch nie gesehen hatte. Pelzige Wesen mit bösen Augen, manche waren nur einfach traurig. Andere erkannte sie sogleich und wußte ihre Namen; die Fee, die Hexen, die durchsichtigen Elfen und den König im Schloß. Die Zwerge aber waren viel größer als im Märchen, mit braunen faltigen Gesichtern. Plump bewegten sie sich auf krummen Beinen, schienen betrübt und jammerten, wenn das Kind ihnen davonflog.

Einmal erschrak Elin furchtbar. In einer Lichtung erhob sich vor ihr riesenhaft ein Ding. Es war kein Baumstamm, es war aus Fleisch, schleimbedeckt und bebte. Oben war ein gesichtsloser Kopf mit einem leeren Auge. Es war eine Schnecke, eine unvorstellbar große ekelhafte rote Schnecke. Elin sah sie nur einmal im Wald, aber im Traum immer wieder.

Jeden Abend kam Carl, es zu holen, auch als das Kind zu erzählen anfing. Vielleicht, weil es seinen Namen nie verriet und niemals, daß alles wahr sei. Peter Pan hieß er in seinen Geschichten, der Onkel war ganz versessen darauf.

Elin half Lydia beim Hüten seit jenem Morgen voll Schnee. Zusammen wachten sie über Robert, schauten auf sein weißes Gesicht und die Zitterwelle, die unermüdlich darüberlief. «Siehst du, er tut dir nichts», sagte Lydia. Elin ließ zu, daß sie ihr die Hand auf seinen Arm legte, wo das Zittern zu spüren war. Einen Kuß aber wollte sie ihm nicht geben, auch Lydia zuliebe nicht.

Robert konnte wieder reden und versprach dem Kind einen Konditoreibesuch im Café Stern. Und wenn das Rößlispiel käme, würde er eine ganze Rolle Billette kaufen, das reichte für hundertmal.

«Aber nur, wenn du eine neue Geschichte erzählst!» sagte er und drohte mit der gesunden Hand.

«Eine vom König oder von der Hexe?» wollte Elin wissen. Beim König gab es den besten Schokoladekuchen, wie am Geburtstag. Aber der Onkel schüttelte den Kopf, das konnte er trotz seinem Zittern.

«Eine von der bösen Hexe», befahl er.

«Wenn die Hexe aus dem Knusperhäuschen kommt», begann Elin und wußte nicht sofort weiter, weil sie sich überlegte, wie viele Sorten Kuchen wohl in der Konditorei zu haben wären.

«Ja?» sagte der Onkel. Elin nahm sich zusammen.

«Wenn sie kommt, nehme ich geschwind eine blaue Pille aus der Tasche von Peter Pan. Bis drei muß ich zählen und die Augen zumachen, dann bin ich unsichtbar, und sie fängt mich nicht.»

Daß sie die Pille nur einmal gegessen hatte, um zu sehen, ob sie auch wirkte, sagte Elin nicht. Viel einfacher war es, vor der Hexe davonzufliegen wie Carl. Fliegen konnte Elin immer besser. Auch die Stelle unter dem Bett gab sie nicht preis, sonst aber erzählte sie, wie es gewesen war, mit heißen Wangen und glitzernden Augen. Tausendsassa nannte Onkel Robert jeweilen das Kind. Der Name gefiel ihm außerordentlich.

Lydia aber verschlief die ganze Geschichte, wurde kleiner im Stuhl am Fenster, so müde war sie.

Sie schlief, solange die Kinderstimme redete, vereinzelte Wortfetzen drangen in ihr Schlummern und verwoben sich mit ihren Träumen. In satten Farben und dichten Bildern träumte Lydia. Sie erinnerte sich, fand die Türen offen in ihr rückwärtiges Leben und ging hindurch ohne Angst. Sie weinte und lachte und wollte bleiben, und kam dennoch zurück, wo Robert war und das Kind.

Der Schnee war geschmolzen und neu vom Himmel gefallen. Ende Januar lag er hoch und hartgefroren selbst auf den Straßen der Stadt.

Am Morgen jammerte Lydia, wenn sie die gelben Vorhänge mit den Zotteln zurückschob, und schlug die Hände über dem Kopf zusammen. «Genau so war es, als du auf die Welt kamst», sagte sie. Elin freute sich, sie kannte nichts Schöneres als Schnee.

Zum Geburtstag des Kindes hatte sich unerwarteter Besuch angesagt. Einzig Lydia zeigte keine Überraschung.

Bei der Erzählung vom sprechenden Einhorn, das Peter Pan und Elin auf seinem Rücken reiten ließ, war sie sofort eingenickt und im Traum an Doras Begräbnis. Am selben Nachmittag rief Martha an. Sie hatten sich nicht mehr gesehen seit damals, die ganzen sieben Jahre.

Martha kam zum Mittagessen. So erfuhr Elin, daß sie eine zweite Großtante besaß. Nie hätte sie gedacht, daß Lydia eine Schwester haben könnte und nicht allein war auf der Welt.

Tante Martha war kaum größer als das Kind und angezogen wie eine Prinzessin, auch unter dem Pelzmantel; den Hut aus demselben glänzenden Fell behielt sie auf dem Kopf. Ein fremder, schwerer Geruch ging von ihr aus. Elin sah jetzt, daß die Tante dünn war und aus Porzellan. Sie glich niemandem. Einzig die Augen ähnelten jenen Lydias, gleich hell, nur viel kälter schauten sie, schauten in steter Bewegung im Zimmer umher und durch die Leute hindurch.

Eigentlich hätte sie gut an den Smaragdsee gepaßt mit dem Kleid und den glitzernden Ringen an den Kinderfingern, ins Schloß der bösen Fee.

Unruhig rutschte Elin auf dem Stuhl hin und her. Der Schokoladekuchen war zu süß, keinen Bissen mehr konnte sie hinunterbringen. Die Großen redeten. Tante Martha hatte eine laute Stimme, jetzt sprach sie französisch, nur ein paar Worte, aber Elin erschrak. Spöttisch und böse hatte es getönt und ihr gegolten, das wußte sie. Niemals würde sie diese Tante liebhaben, nie, auch wenn das Sünde war. Sie war erleichtert, daß sie in den Kindergarten mußte, jetzt gleich, nach dem Dessert.

Martha blieb bis zum Abend. Natürlich kannte sie das Haus, vor dem Streit hatte sie die Schwester regelmäßig besucht und ihr die düsteren Räume von Herzen gegönnt, das ganze Haus mitsamt dem Mann. Um den beneidete sie Lydia schon lange nicht mehr, damit hatte es bald nach der Hochzeit ein Ende gehabt. Und jetzt war mit Robert ohnehin kein Staat mehr zu machen, krank wie er war und gar gelähmt. Dennoch, selbst im Bett sah er gut aus, noch immer war er ein schöner Mann. Gott allein wußte, wie sehr sie Lydia dafür gehaßt hatte, daß sie die Auserwählte war.

Nein, ihre Katzen waren ihr lieber und die Villa, die sie seit Doras Tod für sich allein hatte.

Martha seufzte, es klang tief und traurig.

«Sieben Jahre schon ist sie unter dem Boden», sagte sie mit sich überschlagender Stimme und hob sieben winzige Finger, sie hatte sie abgezählt, «laß uns Frieden machen.»

Eine Weile schon saßen die ungleichen Schwestern bei Tee und Portwein in der guten Stube. Der Wein war für Martha gedacht, Schwarztee schadete ihren Nerven.

Lydia schwieg. Die gehässigen Worte von damals tönten noch immer in ihren Ohren. Eine rechte Teufelin war Martha gewesen in ihrer Wut. Aber jetzt konnte sie einem leid tun, klein und verloren wie sie aussah. Gezeichnet von der Einsamkeit war ihr Gesicht, gelb, nie erblüht, ältlich und dennoch fast faltenlos. Was war aus ihr geworden, was war aus ihnen geworden!

«Armes Martheli», sagte sie halblaut. Der harte Blick der Schwester verschleierte sich hinter den Brillengläsern; sie weinte und wurde wieder das verwöhnte Kind, das sie so gerne gewesen war.

«Wenn du wüßtest, wie böse Dora mit mir war, diese Rücksichtslosigkeit! Und dann diese Weihnacht!»

In der Tat war Weihnachten furchtbar gewesen für Martheli.

*

Frau Berthas Ring

Sie saßen sich am Frühstückstisch gegenüber, Dora mit rotem Gesicht. Sie trug ein gesteiftes Nachthemd, die spärlichen Haare zu Locken gedreht; die ganze Gestalt war mit Goldstaub überpudert. Auf der Höhe der Schulterblätter waren die Flügel angenäht, mit Stanniolpapier verkleideter Pappkarton. Um sie nicht zu ruinieren, vermied Dora jedes Anlehnen. Die Flügel waren ohnehin etwas schlaff, und das ärgerte sie. Hastig trank sie ihren Kaffee, in einer Viertelstunde mußte sie hinüber ins Pfarrhaus. Dora spielte das Christkind und den Weihnachtsengel in einer Person, es sollte eine Überraschung sein.

Mit betonter Langsamkeit schenkte sich Martha eine neue Tasse Schokolade ein. Sie haßte ihre Schwester, aber zum Widerspruch fehlte ihr häufig der Mut. Immerhin, auch an diesem Tag hatte sie nicht darauf verzichtet, im gesteppten Morgenrock aus blasser Seide im Frühstückszimmer zu erscheinen, und jeden Tag geriet Dora darüber neu in Wut. Sie behauptete, Martha sähe nun endgültig aus wie eine alte Jungfer, eine verwöhnte alte Jungfer. Martha spürte das Pochen in ihren Schläfen; mit Sicherheit bekam sie einen schlimmen Migräneanfall.

«Sieh zu, daß du rechtzeitig bei Pfarrers bist», sagte Dora und stand auf. Zu rasch, zu ungestüm; Hitze schlug über ihr zusammen, nahm ihr den Atem, wie ein Hammer dröhnte Doras Herz. Ein roter Schleier war ihr vor den Augen, sie sah nichts mehr und fiel.

Dora fiel nach hinten, vom glühenden Blitzstrahl getroffen. Unter ihrem schweren Körper begrub sie die Flügel aus Pappkarton.

Die waren auf jeden Fall zu klein, fuhr es Martha durch den Kopf, und dann begann sie zu schreien.

So starb Dora, rücksichtslos, wie sie immer gewesen war. Nun mußte sie bei denen liegen, die sie getäuscht hatte, bei Mutter und Vater selig. Ja, auch gegen ihn hatte sie sich versündigt.

Das kam an den Tag, als Martha nach der Beerdigung Doras Schreibtisch durchsuchte. Der Schlüssel war unauffindbar, sie hatte das Schloß aufbrechen müssen. Lydia half ihr dabei, aber es war Martha, die den Ring fand, zuhinterst in der Schublade, die verklemmt war.

Fassungslos schauten die Schwestern auf das Schmuckstück. Es gab keinen Zweifel, vor ihnen lag der Ring der Mutter. Sie alle waren Zeuge gewesen, wie Frau Bertha den Ring an den Finger des toten Vaters gezwängt hatte.

«Laßt mich», hatte sie geschrien und gedroht, sich ein Leid anzutun, wenn man ihr den Willen nicht lasse. Der kostbare Diamant war Alberts Hochzeitsgeschenk gewesen.

Im letzten Moment, bevor man den Sarg zunagelte, mußte Dora den Ring von der erstarrten Hand des Vaters gestohlen haben. Stumm standen die Schwestern. Der Stein funkelte in kalter Schönheit. Wundervoll würde er sich ausnehmen an Marthas gepflegten Fingern; sie hatte ihn verdient nach allem, was geschehen war.

Erwartungsvoll sah sie zur Schwester, aber Lydia schüttelte heftig den Kopf. «Gib her, er gehört mir!»

Sie hatte recht, der Ring gehörte der Ältesten, Mutter hatte es so bestimmt vor dem Unglück. Er paßte nicht zu Lydia, und doch wollte sie ihn haben.

Martha verlor die Nerven. Sie haßte sie, alle haßte sie. Immer war sie zu kurz gekommen, niemand gönnte ihr eine Freude.

«Du hältst dich wohl für etwas Besseres! Dumm bist du, bodenlos dumm; hast nicht einmal gemerkt, was für einen du geheiratet hast, einen Abartigen. Und Erbschleicher dazu!»

Lydia krümmte sich, jedes Wort traf; sie hatte keine Entgegnung, aber sie blieb fest.

Sie brachte die Schreiende zu Bett wie ein Kind, dann ging sie.

*

«Weine nicht, es ist ja gut», sagte Lydia. Martheli hatte niemand außer ihr, die Brüder zählten nicht.

Mitleidig beobachtete sie das Vogelgesicht der Schwester, sie erriet ihre Gedanken und kam ihr zuvor: «Den Ring kann ich dir nicht geben, er gehört jetzt dem Kind.»

Martha schluchzte erneut auf; sie hatte es gewußt, Lydia war dumm. Aber sie brauchte sie.

Besänftigt reiste Martha ab, pelzbesetzt und schmuckbeladen. Dem heimkommenden Kind schenkte sie ihr bösestes Lächeln, als sie ihm im Treppenhaus begegnete. Sie murmelte einen französischen Satz, und Elin war sicher, daß es eine Verwünschung gewesen war.

«Die neue Tante ist eine Hexe», sagte sie abends zu Carl. Carl pfiff das Lied des Silbersterns beim Purzelbaumschlagen; das war der Zauber gegen Tante Martha, und Elin war gefeit.

Fee

Mit der Kälte waren die Mäuse gekommen. «Sie sind überall», klagte die Mutter und stellte Fallen auf mit Speck und Käserinden. Elin sah nie eine Maus. Sie dachte sich die Tiere groß, mit gefährlichen Schnauzen und bösen Augen wie auf dem Bild des Rattenfängers, bis es eines Morgens piepste in der Küchenecke. Das Kind bückte sich, kniete vor der Falle und schaute. Die Maus war wunderhübsch im grauen Pelzchen, winzig, mit glänzenden Knopfaugen. Vom Käse hatte sie gar nichts gegessen, sie zitterte.

Auch für Ruth war es die erste gefangene Maus. Quetschfallen zu benutzen hatte sie nicht über sich gebracht, und nun war sie ratlos vor diesem Lebendigsein.

So gab sie dem Betteln des Kindes nach; zusammen gingen sie auf die verschneite Terrasse, ängstlich darauf bedacht, daß keiner sie sah, und ließen das Tierchen frei.

Für Elin war es ein glücklicher Tag, weil sie die Mama so sehr liebte und wegen der Maus.

Es passierte nach dem Abendessen, Elin saß noch am Tisch, der Vater war wieder nach unten gegangen in die Werkstatt. Elin trödelte. Sie hatte keine Lust, beim Abtrocknen zu helfen. Sie formte Männchen aus Brot. Es war verboten. Da hörte sie den entsetzten Schrei aus der Küche und stürzte zur Mutter. Jetzt war die Maus tot. Mama hatte ihre schönen Pantoffeln an, hinten offen, aus vornehmem Brokatstoff mit den Quasteln oben. Und in die Öffnung zwischen Ferse und Sohle war die Maus gesprungen und hatte sich zerquetschen lassen. Nun war sie nicht mehr niedlich, sie war ein blutiger zuckender Klumpen, und dann still.

Als die Getigerte zulief, wußte Elin, daß sie sich schon immer eine Katze gewünscht hatte. Über die Terrasse war sie gekommen, noch lange sah man die Pfotenspur im Neuschnee. Sie saß vor der doppelten Glastür und rief, bis das Kind sie hörte. Es war dabei gewesen, sich im Spiegel über der Waschkommode zu betrachten; dazu mußte es aufs Elternbett klettern. Das tat es immer, wenn es allein war. Es sei hoffärtig, hatte die Mutter gesagt, böse, als sie es beim Spiegeln erwischte. Elin besah sich das Kind. Sie war es. Dieses Sehen brachte ihr unbekannten Genuß, der größer war als das schlechte Gewissen. Kaum war die Türe offen, schritt die Katze mit hocherhobenem Schwanz ins Zimmer, sie schnurrte sehr laut und stieß mit der Stirn an Elins Beine. Ihre Augen glitzerten, sie waren grün wie der See. So wußte Elin um ihre Herkunft. «Sie heißt Fee», sagte sie mit Bestimmtheit der Mutter, die zum Kochen aus dem Laden heraufgekommen war.

Mama begriff das Wunder nicht. «Sie hat den Heimweg nicht gefunden», sagte sie, «sie gehört dir nicht.»

Vorläufig – Elin zitterte vor diesem Wort – durfte die Katze bleiben, weil es kalt war und wegen der Mäuseplage. Sie war klug; niemals biß sie ein einziges Mäuslein tot oder brachte es gar halblebendig zum Zeigen her, sie sorgte dafür, daß man keines sah. So war es gut, auch für Ruth. Fee weigerte sich, ins Kinderzimmer zu gehen, überhaupt in den oberen Stock, auch hinunter zu Lydia wollte sie nicht. Ihr Haus war die Stube, sie schlief unter dem Klavier.

Alles war gut, bis es Frühling wurde und ihr Bauch immer dicker. Der Vater schimpfte, Mama schien sich Sorgen zu machen.

Beim Mittagessen schrie Fee unter dem Radiomöbel. Es tönte furchtbar, sie schrie um Hilfe. Aber der Vater verbot dem Kind, vom Tisch aufzustehen und nachzuschauen, es sollte seinen Teller leer essen. Endlich ging er, in der Stube war nichts mehr zu hören. Da lief die Mama zum Radio, setzte sich auf den Boden und lachte. Das Lumpennest, das sie am Morgen für die Katze gemacht hatte, zog sie vorsichtig und nur halb unter dem Kästchen hervor.

Fee leckte ein winziges Ding, ihr Tigerkind. Sie nahm es auch ins Maul und schüttelte es. Immerzu leckte sie, stieß es an mit der Pfote, leckte wieder und heftiger. Der kleine Tiger wehrte sich nicht; er war tot. Von weit weg vernahm Elin ein Weinen und dann den hohen Schrei der Katze.

Fees Augen waren anders nachher, sie behielten ihr Grün, aber der Glanz war fort.

Elin pflegte die Katze. Stundenlang verkroch sie sich unters Klavier und redete mit Fee. Endlich wollte Fee wieder Milch trinken. Ihr Blick blieb verhangen. Und dennoch gab sie dem Kind, wonach es sich am meisten sehnte. Fees Liebe war ohne Scham, jedes Streicheln gab sie tausendfach zurück. Maßlos war Fee, und das entsprach dem Wesen Elins.

Im Halbdunkel, auf dem Otzwiler Bärenfell, unter dem schwarzen Klavier, wurden sie sich gleich und waren eins.

Der Ort am See war auch katholisch, aber lange nicht so schön wie die Villa Morsch.

Sie waren ganz allein, ohne Tante Berit und die Kusinen, und ohne Helen. Nur das Kind wohnte mit seiner Mutter im schindelbedeckten Haus. Heiß war es am Hang, die Luft war schwer und drückte der Mama aufs Herz. Einzig am See lachte auch sie; da war es herrlich, aber der Weg dahin war weit.

Im Wasser spürte Ruth ihre schmerzenden Beine nicht, sie schwamm wie ein Fisch. Zum ersten Mal sah das Kind sie im Badeanzug, sah die verfleckte Haut mit den knotigen Venen; immer wieder mußte es hinschauen. Das machte die Mutter verlegen, sie schämte sich und es schämte sich auch.

Aber der See verschluckte die Beine, je weiter sie gingen, einsinkend im schlammigen Grund mit mißtrauischen Schritten. Es bestand ja die Gefahr, auf Glasscherben zu treten; es galt aufzupassen, obwohl nichts zu sehen war. Und dann war man naß bis zum Nabel und konnte schwimmen. Dabei vergaß Elin sich und die Beine der Mutter. Getragen vom Korkgurt schwebte sie in der Lauheit des gespiegelten Himmels und sang.

In beiden Schlafzimmern hing ein Bild dicht über dem Kopfkissen, ein großes bei Mama, ein riesiges bei Elin. Viel Gold war darauf, auch im Rahmen, und sonst Farben, die ihr fremd vorkamen. Ein Mann war auf Elins Bild, mit langen blonden Locken, in einem hellblauen Gewand, demselben wie Carl es trug, als er ein Engel gewesen war. Dennoch glich er ihm nicht, er hatte rosenrote Wangen und einen rosenroten Mund und traurige Augen. Er weinte. Blutige Tropfen rannen ihm übers Gesicht. Noch rätselhafter dünkte Elin das Herz: der Mann hielt es in seinen Händen, und es war voll Blut. Überall war Blut, auch auf der Stirn unter der glänzenden Krone. Das war die Dornenkrone, der Mann war der Heiland.

Auch die Maria über Mutters Bett war hellblau und rosa, auch ihr Herz war außen und blutete, aber Maria lächelte. Sie blickte in den Himmel, man sah das Weiß der Augäpfel, ihre Füße berührten eine bunte Schleife, *Unsere Himmelskönigin* stand darin geschrieben mit goldenen Buchstaben.

Jesus und Maria waren nicht wiederzuerkennen, so anders sahen sie aus auf den Bildern, schön und vornehm, auch wenn sie bluteten.

«Das ist Kitsch», sagte Ruth verächtlich. Sie hatte es nicht gern, wenn das Kind die katholischen Götter zu lange betrachtete.

Nach vierzehn Tagen kam der Vater. Er gab Elin die Hand, einen Kuß gab er nie, nur der Mama, vorsichtig auf die Backe. Es gehe allen gut zuhause, sagte er, Onkel Robert stehe jeden Tag auf und laufe wieder ganz anständig; Lydia ginge es wie immer. Dann redete der Vater vom schlechten Sommergeschäft.

Das Kind konnte nicht länger warten: «Und *Fee?*» fragte es voll Angst. Es mußte daran denken, wie die Katze sich versteckt hatte, als es sie umarmen wollte und tausendmal küssen zum Abschied. Weinend hatte es nach ihr gesucht und nicht mitgehen wollen zum Bahnhof. Auf der Fahrt war Elin untröstlich gewesen. Vater würde der Katze zu fressen geben, aber keiner würde sie gernhaben, und Fee ließ sich von niemandem streicheln außer ihr.

«Paß auf», sagte der Vater – das größte Stück von der Linzertorte hatte er aufgegessen, es war sein Lieblingskuchen –, «die Katze war krank und alt, wir mußten sie abtun.»

«Abtun?» flüsterte Elin. Es war brütend heiß, und doch gefror die Luft. Elin zitterte, weinen durfte sie nicht, sonst würde der Vater nicht weiterreden.

«Nun, sie ist gestorben.»

«Nein», sagte das Kind, «sie war nicht krank.»

Jetzt schwieg der Vater, zuckte mit den Achseln, und schnitt sich ein neues Stück vom Kuchen ab.

«Du mußt uns glauben, sie war wirklich krank, sie fraß nicht und schrie nur noch. Es konnte so nicht weitergehen, die Nachbarn haben sich beklagt. Es war schlimm, Vater hat es mir geschrieben.»

Mama hat es die ganze Zeit gewußt! Elin zitterte heftiger, ein Brausen war jetzt in der Luft und füllte die Ohren. Es war so laut, daß Elin die Worte nur mit Mühe verstand, aber sie hörte jedes, und es waren viele. Die Eltern redeten. Elin wußte, daß sie logen.

Sie hatten Fee töten lassen, weil Elin fort war und es ihnen nicht wehren konnte. Vom Großvater, ja der Großvater habe das arme Tier erlöst. Totgeschlagen? Nein, mit der Pistole, Fee habe nichts gespürt. Sie logen, sie logen.

Fee war nicht krank, war weder wild noch bösartig, nur gesucht hatte sie Elin, Tag und Nacht, und keinen Hunger gehabt und immerzu nach ihr gerufen. Und Elin war im See geschwommen und hatte nichts gehört. Sie hatten ihr Fee weggenommen, weil sie nicht wollten, daß sie unter dem Klavier lag, das Gesicht im getigerten Fell vergraben und Fee küßte, immer wieder und endlos küßte zwischen die grünen Augen und auf die Nase, die heiß und trocken war und dann feucht.

Elin weinte nicht. Sie hatte die Augen offen, aber sie sah nichts, weil die Luft schwarz war. Dann floß die Schwärze zum Punkt zusammen; dahin ging Elin, mittenhinein, und der Punkt nahm sie mit.

Neben dem Haus stand ein knorriger Apfelbaum. Den untersten Ast konnte das Kind leicht erklimmen. Hier saß es den ganzen Tag, schaute hinab auf den See, der grau war und blind.

Sie gingen nicht mehr zum See, der Vater wollte wandern. Der Weg hörte nicht auf, hinter jeder neuen Biegung ging er weiter. Das Kind war müde, aber schlimmer war der Durst. Es hatte jetzt immer Durst; der süße Tee aus der Thermosflasche half nur für Minuten, danach war es noch schlimmer. Der See unter ihnen wurde langsam kleiner. Nur wenn sie an einem Brunnen vorbeikamen, stand der Vater still. Er paßte auf, denn er hatte dem Kind verboten, daraus zu trinken. Kaltes Wasser war ungesund, im Gras sitzen auch, wegen der Nieren. Sie rasteten auf Baumstämmen und den immer seltener werdenden Bänken des Kurvereins.

Erst lange nachdem die Sonne ihr Brennen verloren hatte, erreichten sie die Alp. Gelbe Wolken waren über den Himmel gekommen. In der einen Hütte wohnte der Senn, in der zweiten schlief man oben im Heulager.

Die Rösti schwamm im Schmalz und besaß nicht einmal eine Kruste, sonst gab es nichts außer Milch. Elins Durst blieb.

Sie erwachte von der Hitze, in undurchdringlicher Dunkelheit. Elin atmete Staubluft. Sie wollte nach Hause, wollte aufstehen und gehen, aber jetzt begann es zu brüllen, wie sie es noch nie hatte brüllen hören, der Holzboden zitterte, und die Blitze zuckten um sie herum, als gäbe es kein Dach über ihr.

Nur der Regen war nicht gekommen. Am Morgen war nichts zu sehen von den Bergen, die Wolken hingen bis auf die Hütte. Wieder schwankte der schwarze

Kessel über dem Feuer, wieder war Milch darin. Elin schaute sich nach dem Kaffee um, den die Mama versprochen hatte. Der Senn lachte, schüttete eine Handvoll braunes Pulver in den Kessel und rührte mit der großen Kelle. So mache man das hier oben, sagte er. Das freute den Vater, er lobte den Senn. Er ließ sich eine zweite Kachel füllen mit dem fetten Gebräu. Der Ekel war stärker als die Angst, würgend ließ das Kind die Tasse fallen.

Am Brunnen durfte es sich den Mund spülen. Natürlich merkte die Mutter, daß es Wasser trank, so viel es vermochte, aber sie sagte nichts. Der Vater war drinnen geblieben beim Senn, da er bezahlen mußte, auch die Tasse, die das Kind zerbrochen hatte.

Ein stetes Rumpeln begleitete sie auf dem langen Abstieg. Auch im Tal war alles grau und dennoch unverändert heiß. So blieb das Wetter bis zum Ende der Ferien.

Lydia erschrak vor dem schläfrigen Aussehen des Kindes, den verschleierten Augen, die zu groß waren für das Dreieck seines Gesichts. Zu Recht hatte sie sich gesorgt.

Sie hatte Katzen nie gemocht, aber die Verzweiflung Fees ging ihr zu Herzen. Wider Erwarten empfand sie Respekt vor dem eigensinnigen Tier. Sie begann gar, mit ihm zu reden, befahl zu fressen und endlich still zu sein und zu warten. «Sonst geschieht ein Unglück», sagte Lydia beschwörend. Aber Fee kannte nur die Gegenwart;

ihr einziger Mensch war nicht mehr da. Darum mußte sie sterben. Lydia hatte es verhindern wollen, dem Kind zuliebe und weil Fee keine Strafe verdiente, im Gegenteil.

Als sie an jenem Morgen vom Einkaufen heimkam und das Schreien der Katze nicht mehr hörte, verstand sie, daß Louis seine Drohung wahr gemacht hatte. Fee war fortgebracht worden im Sack Gottfrieds und durch die grobe Leinwand – er hütete sich, die verrückt gewordene Katze herauszulassen – erschossen worden. Gottfried hatte mehrmals abdrücken müssen, bis das zukkende Bündel endlich still blieb.

Lydia konnte nicht mehr tun, als die Spuren Fees zu beseitigen: ihr Kistchen und das Lumpennest, ihre Näpfe räumte sie fort, und einen Nachmittag lang saugte sie alle grau-weiß gesprenkelten Haare von Kanapee und Teppich.

Das Kind ging wie im Schlaf sofort in die Stube und legte sich an Fees Platz unter dem Klavier. Dann wieder suchte es Fee und rief, als wüßte es nichts von ihrem Tod. Und mitten im Suchen und Rufen wurde es bleich und erstarrte.

Fee hatte es geweckt. Das Kind war sicher, ihre Stimme eben noch vernommen zu haben, leise, unverkennbar hatte sie von oben gerufen. Fee war im Dachzimmer! Da hinauf mußte das Kind, in das unheimliche Zimmer, das es nur einmal mit Lydia betreten hatte. Also ging es. Seine bloßen Füße machten kein Geräusch, die Türen öffnete es mit Vorsicht, mühelos fand es den Weg. Jede einzelne Stufe sah es, alles sah das Kind; dann war es im Großen Boden, und vor ihm ragte das steile, letzte Treppenstück. Im Klettern fiel ihm ein, daß die Tür ja verschlossen war oben, aber der Schlüssel steckte. Er war rostig und drehte sich schwer.

Nebel war im Zimmer, und in der Mitte auf dem Stuhl saß die Schwarze Frau. Sie nickte, deutlich sah das Kind ihr Gesicht und in ihrem Schoß den kleinen grauen Schatten. Blind vor Tränen machte es einen Schritt darauf zu. Ein Windstoß rüttelte an den Balken, das Haus ächzte. Dann stand das Kind vor dem Stuhl, er war alt und wacklig; er war leer. Auch der Wind war nun fort, es war heller geworden. Stille herrschte im Raum, bis das Klopfen begann.

Es klopfte an die Fensterscheibe, Elin drehte sich um. Ein blauer Vogel pochte mit spitzgelbem Schnabel gegen das verdreckte Glas. Er hatte keine Angst vor Elin, er tanzte auf dem Brett, verhielt, um neu zu klopfen, und äugte herein. Und plötzlich hob er den weißbehaubten Kopf und fing zu singen an. Hinter ihm, über den Hügeln der Stadt, färbte sich der Himmel. Elin schaute; reglos starrte sie in die glühende Scheibe der aufgehenden Sonne.

Elin suchte Fee nicht mehr. «Sie ist im Katzenhimmel», behauptete die Mutter, «dort hat sie es schön.» Dazu schwieg Elin. Alles was Fee gewollt hatte, war bei ihr zu sein, auch jetzt noch. Aber nun war die Wand da; dahinter wartete Fee und sehnte sich, wie sie selber sich sehnte. Die Wand war da, Elin mußte bleiben. Auch hinab in die Erde konnte sie nicht, der Eingang blieb verschlossen, Carl kam nicht mehr.

Abends war Elin so müde, daß sie einschlief, bevor sie mit dem Bett an die Decke fahren konnte. Manchmal, im Aufwachen, meinte Elin zu spüren, wie Fee sich eben noch an ihren Bauch geschmiegt hatte, wie sie zusammen geatmet hatten. Ihr Körper erinnerte sich, und doch war der Platz leer.

An solchen Morgen stand Elin ungern auf und versäumte sich. Mit grauen Augen saß sie endlich am Frühstückstisch, bis die Mutter «träum nicht» sagte und daß es schon zwanzig vor zehn sei. Dann erschrak sie und ging. Bis zum großen Platz rannte Elin, von hier aus konnte sie die Uhr am Kirchturm sehen und daß es doch erst zehn vor war. Sie würde nicht zu spät kommen. Erleichtert bog sie um die Ecke in die Gasse, die aus der Stadt hinausführte, ließ Ringmauer und Grabengärten hinter sich und stand auf dem Trottoir. Auf der andern Seite begann die Schule, drohend ragte das Sandsteinungetüm zwischen den Bäumen des Areals. Das Haus war unübersehbar groß mit endlosen Korridoren, die sich alle glichen mit den Türen, die alle ins falsche Schulzimmer führten. Die eine richtige Tür mußte man finden. Elin kannte den Weg, aber es kam immer noch vor, daß sie sich für schreckliche Augenblicke verlor; fremde Kinder warteten dann vor der Tür, nur Marc fand sie nie.

Zur Lehrerin aber ging Elin gerne. Sie war noch ganz jung. Darüber hatte Elin am meisten gestaunt am ersten Schultag. Fräulein Moser sah sonderbar aus: nestartig türmte sich das dunkle Haar auf ihrem Kopf, fiel aber trotzdem bis auf die Schultern, es war bauschig, nur die Stirnfransen waren glatt. Ja, sie hatte Fransen wie ein Kind, und farbige Röcke. Ein roter Lackgürtel, unvorstellbar breit, teilte das Fräulein in zwei ungleiche Hälften, in die schmale obere, in die glockenförmige unten. Der Rock nämlich weitete sich, steif stand er ab im Kreis um die Knie, gehalten vom gestärkten Unterrock. Weiß mußte er sein wie im Schaufenster des Kleidergeschäfts in der Hauptstraße, bei von Felbert, aus demselben neumodischen Wunderstoff. Sein Knistern war bei jeder Bewegung zu hören. Das Interessanteste an der Lehrerin aber waren die Lippen, hellrosa gemalt, mit richtigem Lippenstift. Das gefiel Elin, und es war ihr gleich, wenn Mama böse darüber redete. Fräulein Moser war schön. Auch ihre Nägel waren rosa, selbst an den Zehen, die aus den Sandalen mit den hohen Absätzen hervorschauten.

Elin saß in der hintersten Reihe. An jenem ersten Tag im grauen Schulhaus hatte das Fräulein gelacht und gesagt, sie sollten ihren Platz selber aussuchen, nur Streit dürfte es keinen geben. Schreien und Gepolter war losgebrochen, die Kinder rannten und stießen sich; im Handumdrehen waren alle Pulte besetzt, nur Elin stand noch vorn, gefangen in der Stille, die plötzlich eingetreten war. Es gab keinen Platz mehr. Die Lehrerin zeigte mit ausgestrecktem Arm: dort war ein leeres Pult, in der Zimmerecke, es war das letzte, und Elin mußte allein daran sitzen. Aber nach einer Woche kam Agnes.

«Agnes gehört zu uns», sagte Fräulein Moser. Sie hielt ein blondes Mädchen mit einem Pferdeschwanz an der Hand und führte es durch den Mittelgang an den Bankreihen vorbei zu Elin. Agnes war krank gewesen, aber jetzt saß sie neben ihr. Sie blieben auch in der Pause zusammen, am Nachmittag waren sie Freundinnen.

Die Schule war schön. Sie bestand aus Agnes und der Lehrerin; die andern Kinder blieben der lärmende Haufen des ersten Morgens, auch wenn sie nach und nach Gesichter und Namen bekamen.

Nach den Ferien kam Agnes ihr fremd vor mit der braunen Haut. Am Meer war sie gewesen, das war etwas ganz anderes als der See, voll Salz, man brauchte keinen Korkgurt. Das Wasser war wohl kein rechtes Wasser, man konnte liegen darin, und niemals ging man unter – nur die Sonne versank im Meer jeden Tag, weit hinten, wo der Rand war und das Ende der Welt.

«Ich habe jetzt wieder eine Mutter», sagte Agnes in der Pause, «Papa hat geheiratet.»

Verlegen sah Elin zu, wie die Freundin den Apfel aß; mit den Schneidezähnen biß sie kleine, fast runde Stücke ab, daß es lange dauerte, bis sie zum Gehäuse kam, da herum aß sie vorsichtig, ließ viel gelbes Fleisch stehen und warf ihn schließlich in den Abfallkorb. Sie schien Äpfel nicht zu mögen. Dann läutete die Glocke, aber Elin freute sich. Agnes hatte sie für den Mittwoch eingeladen. Den neuen Schottenrock würde sie anziehen, das mußte die Mutter ihr erlauben.

«Lydia», rief das Kind und stürmte mit heißen Wangen durch den Gang, «bist du da?»

Ja, sie war in der Küche, aber nicht allein. Der Onkel saß am Tisch, er hob nicht einmal den Kopf, und Lydia hielt warnend einen Finger an den Mund. Onkel Robert pendelte, niemand durfte ihn dabei stören. Elin schluckte und schaute auf das glänzende Ding, das von der zitternden Hand mit den braunen Flecken am unsichtbaren Faden gehalten wurde. Auch das Pendel zitterte, begann aber bald zu kreisen, zögernd zuerst, dann immer schneller. Und im schönsten Kreisen hielt es plötzlich an, zitterte wieder und bewegte sich nun heftig von links nach rechts.

«Hab ich mir doch gedacht!» sagte der Onkel zufrieden und legte das blaue Schächtelchen zum Haufen, wo schon viele lagen. Das waren die Schlechten; nur wenn das Pendel richtig ausschlug, kam die Schachtel auf den andern Haufen. Das Pendel konnte nämlich reden, es wußte, was Onkel Robert guttat, nicht nur bei den Pillen, auch alles, was Lydia für ihn gekocht hatte, wurde geprüft. Sagte das Pendel nein, mußte sie die Suppe oder das Ragout wegstellen und geschwind etwas anderes zur Hand haben, darin war er unerbittlich. Heute hatte sie Glück, die schöne Suppe gefiel dem Pendel, und Robert fing zu essen an.

«Nun erzähl, Kindchen», sagte Lydia lächelnd. Sie tat, als glaube sie dem Pendel aufs Wort; der Onkel merkte nicht, daß sie mit ihm spielte, das war das merkwürdigste an der Sache mit dem Pendeln. Elin verstand die Mutter nicht, die sich davor fürchtete und von Teufelswerk redete. Es war einfach ein Spiel, das Lydia mit Robert spielte, seit er wunderbarerweise ein Kind geworden war.

Dem Onkel hing die Serviette um den Hals, an eine Kette geheftet mit goldenen Klammern, alles aus Rotgold, das war ihm am liebsten. Der lahme Arm lag zuckend neben dem Teller. Gebannt sah Elin zu, wie er den Löffel mit der guten Hand zum Mund führte. Blieb keine Suppe im Löffel, wurde der Onkel immer böse. Er zitterte eben überall, und das verärgerte ihn. Heute ging es gut, die Hand gehorchte. Elin war froh;

sie mochte diese Hand, sie besaß etwas ganz Besonderes. Auf dem Daumenballen hockte die Spinne, dunkelviolett, fast schwarz. Mit der Füllfeder hatte Onkel Robert sich gestochen, die Tintenspinne blieb für immer in der Haut. Sehr gerade saß der Onkel am Tisch, auch mit der Serviette um den Hals, die naß und schmutzig wurde beim Essen, sah er vornehm aus, vornehmer als die Habeggers.

Elin hatte nicht gewußt, daß Agnes reich war. Sie erschrak vor der Pracht des Hauses, das außerhalb der Stadt lag. Aber die Freundin zog sie schwatzend über den Kiesweg, die Steintreppe hinauf in die Eingangshalle, wo es fast dunkel war und kühl. Erst als die neue Mutter aus einem der vielen Zimmer herauskam, war auch Agnes still. Wie ein Filmstar aus dem Gelben Heft sah sie aus, jünger noch als die Lehrerin, aber sie hatte Agnes nicht lieb, überhaupt nicht. Dann ging eine andere Türe, und Agnes rannte auf den Mann zu, wie ein Bébé ließ sie sich aufheben und das Haar zerzausen. Dieser Vater gefiel Elin, gerne hätte sie sich zerzausen lassen von ihm. Aber er ging zu der Frau. Mit beiden Armen umfing er sie, eng standen sie zusammen, ganz aneinander, und dann sah Elin, wie der Mann sie küßte, auf die Wangen und auf den Mund. Seine Lippen schienen den bemalten Mund essen zu wollen; vielleicht biß er hinein oder saugte, und Elin staunte, daß die Frau es zuließ. Er nahm endlich sein Taschentuch und wischte sich das Rote weg; er lachte. Und immer weiter lachend schüttelte er Elin die Hand. «Das ist also die berühmte Elin», rief er.

Der Teller des Onkels war leer; er hob den Kopf und nickte. Dabei machte er ein strenges Gesicht, weil er nicht wackeln wollte, aber seine Augen blickten freundlich. «Erzähl», sagte er, «aber schön der Reihe nach.»

Gerade das ging nicht. Was es erlebt hatte, erschien dem Kind plötzlich weder schön noch aufregend. Nun mochte es nicht mehr, und eine Geschichte erfinden schon gar nicht. Mit Carl war es anders gewesen, das waren Geschichten aus dem andern Land, wo keiner von denen jemals hinkam. Jetzt war es selber immer bei den Großen und konnte nicht mehr fort, mußte bleiben, wo sie waren, wo die Schule war und Agnes mit ihrem prächtigen Haus. Es gab nichts zu erfinden, und Lügen war Sünde.

«Sie wohnt in einer *Villa*, in einem *Park*», sagte es schließlich, «aber ihr Vater kennt mich.»

Onkel Robert wurde dunkelrot im Gesicht. Schrecklich lachte er, daß es Elin unheimlich wurde. Erst als Lydia ihm Tropfen eingegeben hatte, hörte er auf damit. Für ihn war es Zeit, ins Bett zu gehen, und Elin mußte zur Mutter; schon zweimal hatte sie durchs Treppenhaus zum Essen gerufen.

Robert stützte sich schwer auf Lydia. Es gelang ihm, sich mit der kranken Hand am Geländer festzuhalten.

Mit dem Stock konnte er jetzt ohne ihre Hilfe gehen, nur beim Treppensteigen war ihr Arm doch bequemer. Sie keuchten beide, und es dauerte lange, bis sie die zwei Stockwerke überwunden hatten. Das Zubettbringen war für Lydia die schönste Stunde. Robert ließ alles mit sich geschehen und schimpfte dabei.

Als Robert erkannt hatte, daß von Lydia keine Gefahr drohte, obwohl er buchstäblich in ihren Händen war, empfand er Erleichterung. Er war noch einmal davongekommen. Mit der Zeit nahm ein neues Gefühl von ihm Besitz. Es war ihm unerträglich, von der Frau gepflegt zu werden, die er ein Leben lang verachtet hatte. Er mußte gesund werden, er mußte sich Lydia vom Leib halten. Mit den Ärzten und ihren Mitteln ging es ihm nicht schnell genug. Er ließ Bücher kommen mit seltsamen Titeln und fand die rechte Medizin. Ohne die Zustimmung des Pendels kam von da an nichts mehr über seine Lippen. Nun machte er Fortschritte, nun war er auf dem richtigen Weg! Einzig mit Lydia blieb alles beim alten, ja, er schien sie unvermindert nötig zu haben, ganz einfach unentbehrlich war sie ihm geworden. Dafür rächte sich Robert. Er schikanierte sie und kommandierte und war ohne Geduld. Finster studierte er ihr Gesicht, lauerte darauf, daß Lydia endlich böse würde oder wenigstens traurig. Nichts brachte sie aus der Ruhe. Sie sah verändert aus, ihre Augen waren heller, durchscheinend, und dennoch konnte er nicht darin lesen. Zu seinen Reden schwieg sie nicht wie früher, sie gab ihm Antwort, widersprach sogar. Mit einem Lächeln. Immer dieses verdammte Lächeln. Robert verstand es nicht, aber eher noch hätte er seine Zunge verschluckt, als sie nach dem Grund zu fragen.

Es war das Kind, das davon redete.

«Jetzt bist du immer froh, gell», sagte es beim Gutenachtkuß. Lydia schwieg. «Weißt du auch warum?» fragte sie nach einer Weile.

«Weil du mit dem Onkel spielen kannst». Das Kind hatte recht; genau so war es.

Elin war gewachsen, auch ihr Haar. Schon reichte es zu einem Zopf, den die Mama am Morgen flocht und mit einer blauen Schleife band; aber jetzt lag es wirr um das bleiche Gesicht. Lydia schien, als seien die Schatten unter den Augen des Kindes noch dunkler geworden. Sie setzte sich ans Bett und streichelte Elin. Das hatte sie schon lange nicht mehr getan.

«Und du? Bist du immer noch traurig?» fragte sie behutsam. Die eben noch wachen Augen nahmen jenen schläfrigen Ausdruck an, der Lydia bei der Heimkehr des Kindes so geängstigt hatte. Elin lag steif und gab keine Antwort. Für Fee gab es keine Worte; man konnte das Brennen nicht sagen und das Warten vor der Wand. Es ging nicht.

Lydia hörte nicht auf mit Streicheln. «Am Sonntag darfst du mich in der Laube besuchen», sagte sie.

Ja, das wollte Elin gerne tun; sie freute sich auf die Laube, die Lydia gehörte, ihr ganz allein. Nicht einmal Onkel Robert durfte hineingehen, niemand konnte es, die Türen waren versperrt, nur Lydia hatte den Schlüssel dazu.

Einsicht

Im sonntäglichen Schottenkleid mit dem frischen Kragen klopfte Elin an die Türe, die von Onkel Roberts Bureau in die Lauben führte. Nichts war zu hören, nur das Ticken der marmornen Standuhr auf dem Schreibtisch. Der Onkel war oben; sie hatte vor dem Zimmer auf sein Zischen gelauscht und wußte, daß er schlief, wie jetzt immer nach dem Mittagessen. Elin klopfte noch einmal und vernahm das Herein Lydias von weit weg. Die Laube war lang und schmal wie ein Gang, dann kam die zweite Tür, die offenstand, und die zweite Laube. Es war ein sonderbarer Ort, anders als alles im Haus. Einen Moment meinte das Kind, es hätte geschneit mitten im Herbst, eisblumenblau fiel das Licht durch die verglasten Wände, das Licht der Schneekönigin. In dieser Helle blinzelte Elin, dann sah sie die Gestalt auf der Holzbank. Es war Lydia, aber auf wunderbare Art verwandelt.

Nie hatte sie ihr Haar mit diesem Glanz gesehen, nie ihre Augen so durchsichtig. Und sie trug kein schwarzes Kleid, sondern ein schönes von der gleichen Farbe wie ihre Augen, und um den Hals eine dreireihige Kette aus schimmernden Perlen. Lydia lächelte und winkte das Kind zu sich. Neben sie auf die Bank sollte es sich setzen; nun roch es den Veilchenduft, und seine Scheu verschwand. «Zeig», bat es, «was ist das?» Das Kind hatte nach Lydias Hand gefaßt und betrachtete die Ringe: Brillanten waren es und Saphire, fünf weiße auf dem einen, drei blaue auf dem andern – fast ganz bedeckten sie den schmalen abgewetzten Trauring.

Auf einem Tischchen standen Tassen und die Teekanne, die Silberschale war mit Salzbricelets gefüllt. Einzig Lydia kannte das Rezept dazu, das wußte das Kind. Grad nach dem Tischchen kam die andere Bank, dieselbe wie jene, worauf sie nun saßen. «Das sind meine Zwillingsbänke aus Otzwil», sagte Lydia. Sie stand auf und stemmte den Deckel der Sitzfläche in die Höhe. Es war eine Schatztruhe. Aber nichts Glitzerndes lag darin, nur abertausend Briefe, hellblaue Bündel mit Bändchen verschnürt, und Bücher. Und ein Kistchen aus gehämmertem Metall. Dieses nahm Lydia, öffnete es mit einem winzigen Schlüssel, innen war roter Samt, und im Samt lagen die Fotografien. Dicht war es damit gefüllt, daß man das Rote nur stellenweise durchblitzen sah.

«Hier. Schau es dir an.» Lydias Stimme war ungewohnt streng. Das Kind schaute. Auf dem verblaßten Bild sah es ein Haus; es war groß und vornehm, vor der Eingangstür standen Pflanzen in Kübeln, und dazwischen Leute. Mächtige Bäume verdeckten zur Hälfte einen Kirchturm. Ein Garten mußte da sein, weit herum ums Haus. Unter den Leuten stand Lydia, Elin hatte sie sofort erkannt.

«Das bist du», sagte sie erstaunt.

«Ja, und das ist Otzwil.»

Die Pflanzen in den Kübeln waren Lorbeerbäume, die Frauen Lydias Schwestern: Dora mit dem dicken Gesicht, die gestorben war an jener Weihnacht, bevor Elin zur Welt kam, und Martha. Auf dem Bild wirkte sie weniger klein, aber einen Pelzmantel hatte sie schon damals an. Zuvorderst saß eine alte Frau, die Mutter. Reich war sie gewesen; das Haus und das viele Geld hätte Lydia bekommen und schließlich Elin, wenn nicht das Unglück immer weitergegangen wäre.

«Das Unglück?» fragte das Kind atemlos.

Lydia kramte im Samt und zeigte ihm ein anderes Haus, schöner noch als die Villa, und erzählte von der furchtbaren Brandnacht, den bösen Leuten im Dorf, und zuletzt vom Tod ihres Vaters. «Damit hat das Unglück angefangen», sagte sie. Sie fuhr sich mit dem feinen Spitzentaschentuch über die rotgefleckten Wangen, betupfte ungeduldig ihre Augen und seufzte.

Stumm betrachtete Elin die Fotografie. Die Frau auf dem Stuhl machte ihr angst; ungute Augen, schräggestellt, blickten kalt durch die Brille, die dicken Lippen waren zusammengepreßt.

«Sie sieht böse aus», sagte Elin und legte das Bild zurück ins Kistchen. Lydia schien nichts gehört zu haben, sie blätterte in einem schwarzen Buch, schaute nicht auf, bis Elin begriff, daß sie weinte und dabei nicht gestört sein wollte.

Die Besuchszeit war abgelaufen, das Kind stahl sich davon.

Sein Urteil über Frau Bertha hatte unvermutet ein Erinnern wachgerufen, ein Bild, das es nicht geben durfte. Lydia wollte es verscheuchen; es blieb. Quälend klar, wie es einst gewesen war, und sie mußte es ansehen.

Sie sah den Vater, der gekrümmt mit unsicheren Schritten vom Haus wegging. Sie stand unter der Tür mit der Mutter. Der Vater ging zum Bahnhof, er mußte zum Zug, zum Doktor nach Burgdorf. Bohemia tänzelte angeschirrt an der Chaise im Hof, aber die Mutter hatte verboten, daß er damit fahre. Vor Mitleid und Entsetzen hatte sich Lydias Herz zusammengekrampft und schmerzhaft gehämmert den ganzen endlosen Tag, bis es stillstehen wollte beim Anblick des Fuhrwerks, auf dem der Vater heimgeschafft wurde. Auf einem elenden Karren. Als Lydia wieder zu sich kam, war der Vater tot und das Bild seines letzten Ganges ausgelöscht. An das, was die Mutter erzählte, hatte sie sich gehalten und alles geglaubt, ohne Erinnerung an das Undenkbare, fast vierzig Jahre lang.

Jetzt sah sie die Grausamkeit der Mutter, ihre Härte. Und dennoch war ihre Verzweiflung echt gewesen, das wußte Lydia mit Bestimmtheit. Einen Heiligen, ein leuchtendes Vorbild nannte sie den Toten, unvergeßlich war ihr verklärtes Gesicht, wenn sie von ihm redete.

Sie mußte ihn geliebt haben. Den Toten, nicht den Lebenden. Tief erschrak Lydia vor ihren Gedanken und mußte sie doch zulassen. Und wie war es mit den Brüdern? Weder die Schwestern noch Lydia hatten jemals am Recht der Mutter gezweifelt, Johann und Felix zu verachten; sie verdienten es, mißraten und ungut wie sie waren.

*

Frau Berthas Ende

Der jungverheiratete Johann verhielt sich ruhig nach dem Unglück, über Jahre, bis ihm das dritte Kind geboren wurde. Sofie weiß ihn zu nehmen, hieß es im Doktorhaus. Wenigstens diese Sorge war man los.

Aber Sofie nahm mehr. Die kleine Barbara war vom andern, vom Architekten, das sah doch jeder. Zwei Jahre ging die Geschichte schon, nur die Zumbachs waren taub und blind. Ein Wirtshauskumpan hatte endlich dem Johann ein Licht aufgesteckt. Sein eigenartig glattes Gesicht verzog sich nicht, er hockte nur bei seinem Viertel Wein, mit halbgeschlossenen Augen, ganz ohne Bewegung. Aber dann stieß er die Karaffe um und verlangte Schnaps; sonst sagte Johann kein Wort.

Er ging nicht in den Zumbachwald zum Holzfällen, wo ihn die Taglöhner erwarteten, er ging zum Hof und hinein in die Schlafstube, und erwischte sie. In seinem Haus, in seinem Bett mit dem andern. Hat er seine farblosen Augen aufgerissen, geflucht, gedroht? Niemand fragte ihn danach, als er ins Wirtshaus zurückkam mit seinem Steingesicht. Erst als man den sinnlos Betrunkenen heimbringen wollte, begann der kleingeratene magere Mann zu toben, daß die Leute ihn zu viert bändigen mußten.

Es war Frau Bertha, die Sofie aus Johanns Haus jagte. «Ihr kommt mit», befahl sie den Töchtern.

Eine große Wiese und ein Baumgarten trennten den Hof von der Villa. Schwer atmend ging Frau Bertha den kurzen Weg voran. Sie ging rasch, und Lydia sah mit Schrecken, daß sie fast beim Haus angekommen waren. Sie hätte viel darum gegeben, nicht dabeisein zu müssen. Streit war ihr ein Greuel, aber was jetzt bevorstand, würde schlimmer sein als alles bisherige; so erregt und bedrohlich hatte sie die Mutter noch nie erlebt.

Sofie saß in der Küche, den Säugling an der Brust. Als ihre Schwiegermutter die Tür aufstieß, stand sie auf, wich zurück gegen die Wand, die Arme schützend um das Kind.

Frau Bertha folgte ihr, dann standen sich die Frauen gegenüber; mit beiden Händen schlug sie Sofie ins Gesicht.

«Verschwinde», sagte sie keuchend, «den Bastard nimmst du mit. Jetzt, auf der Stelle!»

Es war Winter, ein häßlicher Winter ohne Schnee. Die gefrorene Erde schien schmutzig und alt. Nichts sonst durfte Sofie mitnehmen, auch das Notwendigste nicht. Lydia stand und schaute auf die Schwägerin, die eine Ehebrecherin war. Die Schläge der Mutter hatten rote Male hinterlassen auf dem bleichen Gesicht, und entsetzt sah Lydia, daß Sofie aus der Nase blutete, sah, wie sie aus der Küche ging, so wie sie war, ohne rechte Kleidung, in die Kälte hinaus.

Frau Bertha verlangte blinden Gehorsam, das war die Bedingung ihrer Liebe. Wer sich ihrem Willen widersetzte, wurde unbarmherzig bestraft.

Die Reihe war an Johann. Ihm nahm sie den Hof und die Kinder. Louis und Hermännchen kamen in die Villa, wie es sich gehörte, das Mädchen aber überließ sie kampflos der Vertriebenen.

Was das Gericht verfügte, ging sie nichts an. Die Kleine sei unmöglich eine Zumbach, und ein solches Kind käme ihr nicht ins Haus, sagte sie. Den wahren Grund behielt Frau Bertha für sich. Sie gönnte Johann die Tochter nicht. Denn ausgerechnet Barbara liebte er, mit abgöttischer Liebe hing er an der Kleinen, um die andern Kinder hatte er sich nie gekümmert; man wußte, daß er die Buben schlug, wenn er betrunken war. Deshalb kam Barbara fort. Auch nicht von weitem sollte er sie sehen dürfen.

Diese erste und schwerste Strafe ersann ihm Frau Bertha gleich zu Beginn. Was nachher kam, konnte ihn weniger treffen, obwohl sie weiterging in ihrer Rache; fertig war sie mit Johann noch lange nicht.

Frau Bertha war sehr fromm geworden seit dem Tod ihres Mannes. Ihr Urteil war unfehlbar, die Bibel gab ihr recht; für jede Handlung fand sie das zustimmende Wort. Die Heilige Schrift war reich an rechten Sätzen. Auge um Auge, Zahn um Zahn. Das Alte Testament entsprach Frau Berthas Sinn, das Neue zerpflückte sie nach Bedarf.

Stört dich dein Auge, reiß es aus. Sie tat es. Gott hatte sie mit Söhnen bestraft, weil ihre Verbindung mit Albert wohl doch sündig gewesen war, aber Gott war gnädig. Sie besaß drei gute Töchter, und jetzt gar zwei Enkel, ganz nach ihrem Herzen, liebe Buben, rechte Zumbachs.

Frau Bertha behielt die Zügel fest in den Händen, wenn sie auch bald nach Lydias Heirat häufiger Anfälle hatte; sie litt an Asthma, das sie zusehends schwächte. Sechs harte Jahre noch regierte sie.

An einem strahlenden Junimorgen umstanden die Töchter das Bett. Lydia war seit Tagen zurück im Doktorhaus, Robert selber hatte sie im Auto hergebracht.

Die ganze Nacht wehrte sich Frau Bertha, kämpfte ums Leben und endlich um ihren Tod. Ihr noch immer kräftiger Körper bäumte sich in der Atemnot, daß Lydia und Dora sie mit Gewalt festhalten mußten und nur mit Mühe in die hochaufgebetteten Kissen zurückzwingen konnten, wenn der Anfall für Minuten nachließ. Ungeduldig wehrte die Kranke die helfenden Hände ab, schlug nach ihnen, schlug blind um sich in ohnmächtiger Wut.

«Luft», schrie sie, «Luft.» Die Fenster waren weit geöffnet, draußen dämmerte es. Frau Bertha sah den kommenden Morgen nicht, sah nicht ihre Töchter, sie schaute unverwandt auf einen Punkt am Fußende des Bettes.

Das Weiß ihrer Augen verfärbte sich, ihr Gesicht war geschwollen und bläulich. Dann traf ihre Hand jene Lydias, krallte sich fest, und ein Ausdruck ungläubigen Entsetzens entstellte ihre Züge.

Der röchelnde Atem brach unvermittelt ab, Frau Berthas Kopf fiel nach hinten auf die Kissen. Sie hatte Lydia nicht losgelassen, noch immer umkrampfte ihre Rechte die Hand ihrer Ältesten. Diese Hand zu lösen war für Lydia das schwerste.

Das Testament war mit dem 20. Mai 1935 datiert. Selbst Dora hatte nichts davon gewußt, in aller Heimlichkeit mußte Frau Bertha kurz vor ihrem Tod ihre Angelegenheiten geordnet haben, auf ihre Weise.

Der erste Teil des Testamentes brachte keine Überraschungen. Alles im Haus kam den Schwestern zu, Lydia hatte ja ihre Aussteuer erhalten.

«Zur Teilung gelangt, was im Kassenschrank sich vorfindet», hieß es weiter, und daß die Erblasserin innig wünsche, daß Häuser und Land im Besitz der Familie blieben.

Der Notar machte eine Pause, räusperte sich umständlich und begann, den nächsten Abschnitt vorzulesen. Als er damit zu Ende war, sah er zum ersten Mal von den Papieren auf und musterte die Anwesenden. Dumpf brütend hockte Johann mit aufgestützten Ellbogen am Tisch, sein Bruder rutschte verlegen auf dem Stuhl hin und her. Auch Lydia schien die Bedeutung dieses Absatzes nicht erfaßt zu haben, sie blickte abwesend, betupfte mit mechanischen Gesten ihre Augen; Lydia war die einzige, die weinte.

Martha hielt den Blick gesenkt, nur Dora konnte ein Lächeln nicht unterdrücken, es war ein Lächeln voller Genugtuung.

Der heisere Schrei Johanns ließ alle zusammenfahren, er hatte sich so plötzlich erhoben, daß sein Stuhl umfiel. Jetzt stieß er Verwünschungen aus, verfluchte die Mutter und drohte jedem, packte seinen Bruder beim Arm und zerrte ihn mit sich hinaus.

«Ist das Testament rechtsgültig?» fragte Dora scheinheilig. Der Notar nickte. Es war ihm unbehaglich zumute. Die Söhne seiner Klientin galten als unberechenbar und gefährlich, aber ihre letzte Verfügung war auch ihm schwer verständlich.

Es war Lydia, die den Notar um nochmalige Lesung des Abschnitts bat.

«Durch jahrelange Beobachtung habe ich feststellen können, daß meine beiden Söhne Johann und Felix leider nicht die erforderlichen Eigenschaften und Fähigkeiten besitzen, um ihr Vermögen selbst zu verwalten, und es besteht die Gefahr, daß sie um Hab und Gut kommen, wenn nicht vorsorgliche Maßnahmen ergriffen werden. Es ist daher mein dringender Wunsch, daß die Vormundschaftsbehörde den beiden Söhnen einen Vormund bestellt, der, wenn möglich, aus der Verwandtschaft bezeichnet werden soll.»

Dora sorgte für die Vollstreckung des Testaments. «Schließlich ist es Mutters Letzter Wille», sagte sie.

Johann hätte sie zugetraut, daß er sich wehren würde mit allen Mitteln, aber er machte es ihr leicht; er saß im Wirtshaus und trank, und Felix tat es ihm nach.

Die Wahl des Vormundes gab viel zu lachen im Dorf. Er gehörte nicht zur Familie, ihrem neuen Oberhaupt aber stand er nahe genug.

Im Grandhotel des Leukerbads waren die Zumbachs mit dem Witwer bekanntgeworden, 1929, im Jahr von Lydias Verlobung und Hochzeit. In seiner Gegenwart wurde Frau Bertha eine andere, sie lachte und lebte auf, aber einzig Dora bemerkte die Abänderungen ihrer Toilette, den hellen Kragen, das blumenbedruckte Tuch. Es war lächerlich. Schaufelberger forderte Dora erst am letzten Abend zum Tanz auf, seine Hände brannten auf ihrer Haut, aber nachher hatte er wieder nur Augen für die Mutter, und Dora haßte beide.

Nachdem Lydia Otzwil verlassen hatte, erschien Frau Bertha das Haus unmäßig groß. Auch den Enkel hatte sie weggeben müssen, ins Oberland, Hermännchen wuchs zu schnell und schlief nicht. Jetzt war er im Kinderheim an gesunder Luft. Nichts blieb ihr erspart. Selbst der gute Louis bereitete ihr Kummer, er kam ins schwierige Alter, ein verschlossener Bub, was er dachte, wußte man nicht. Er schlug seinem Großvater nach, von ihm hatte er den Eigensinn: er bestand darauf, in eine der Dachkammern zu ziehen, da sei es am schönsten. Und hatte sich durchgesetzt. Was sollte sie nun mit den dreizehn Zimmern? Zu viert lebten sie in der Villa, Felix, der ebenfalls im Dachgeschoß hauste, zählte nicht. Im November kam Besuch, der Witwer hatte die Zumbachs nicht vergessen. Das Haus gefiel ihm, er lobte die Einrichtung, das schöne Parkett, die Anordnung der Räume, und Frau Bertha verstand, daß sie es mit einem Kenner zu tun hatte.

Sie genoß seine Gesellschaft. Als Schaufelberger nach ein paar Tagen seine Abreise erwähnte, bat sie ihn zu bleiben. Mit gutem Gewissen durfte sie es tun, jetzt, wo die Lage zwischen ihnen geklärt war. Seinen Antrag hatte Frau Bertha abgelehnt, geschmeichelt wohl, aber entschieden. Sie war über das Alter hinaus, an solche Dinge auch nur zu denken. Außerdem, er mochte an die zehn Jahre jünger sein, ein Mann in den besten Jahren.

Schaufelberger blieb.

Frau Bertha gewöhnte sich daran, ihm ihr Herz auszuschütten; dafür hatte er jederzeit ein Ohr und stellte die rechten Fragen. Auch Rat wußte er, er war bewandert in Gelddingen und erlaubte sich hie und da, der Frau Doktor einen Hinweis zu erteilen oder eine Warnung.

In seiner Gegenwart erwachte das Haus zu neuem Leben, sein Lachen, der Rauch der Zigarren füllten es.

Mit Wohlwollen sah Frau Bertha, wie ihre Jüngste sich zum Vorteil veränderte; der Gast schien einen günstigen Einfluß auf sie zu haben. Dora neigte zu Fettleibigkeit, darunter litt die Herzform ihres Gesichtes. Trotz ihrer lebhaften Art sah sie älter aus als Martheli. Jetzt aber war sie kaum mehr zu erkennen. Nicht daß sie über Nacht zur Schönheit geworden wäre, dennoch ging ein eigenartiger Reiz von ihr aus. Und sie sang wie damals, vor Alberts Tod.

Keiner, der Dora reden hörte, konnte ein solches Singen vermuten, ihre Stimme wurde weich, wurde groß, von kristallener Reinheit. Losgelöst war sie, unbegreiflich.

Fast jeden Abend sang Dora, wenn man nach dem Essen im Salon beisammensaß. Martha mußte sie auf dem Flügel begleiten. Der Zigarrenrauch lagerte über dem Lichtkreis der Lampen, und Doras Stimme zerschnitt die Luft.

Es kam vor, daß Frau Bertha im Lauschen ihre Stirn berührte, mit einer ungeduldigen Geste, als müßte sie einen Gedanken verscheuchen, der ihr lästig war.

Von Lydia hatte sie geträumt! Das war alles, was sie beim Erwachen wußte. Und daß auch Albert dagewesen war.

Ihr Kissen war naß. Eine Weile lag Frau Bertha still, um das Gefühl zu bewahren, das der Traum ihr gelassen hatte. Es tagte, sie vernahm die ersten Vogelstimmen.

Richtig, Lydia hatte gesungen vorhin, der weiche Alt klang ihr noch immer in den Ohren, und jetzt erinnerte sie sich der Melodie: es war das Lied, das Lydia vor ihrer Hochzeit gesungen hatte. Jetzt sang es Dora.

Ruckartig setzte sich Frau Bertha auf und machte Licht. Keuchend rang sie nach Luft, kämpfte, zwang sich zur Ruhe, zwang ihren Atem, ihr Herz. Für das, was sie zu bedenken hatte, brauchte sie einen klaren Kopf.

Herrgott, wie blind sie gewesen war. Das Teufelsmädchen. Und das vor ihrer Nase, in ihrem Haus.

Sicher brauchte Dora einen Mann, nötiger als ihre zimperliche Schwester, aber daß es dieser sein mußte, ausgerechnet Schaufelberger. Frau Bertha seufzte erbittert.

Mit schlafverschwollenen Augen starrte Dora auf die Mutter, die groß im Zimmer stand.

«Sag, was zwischen euch ist. Sag die Wahrheit!»

Dora schwieg. Sie wußte, daß sie häßlich aussah, ungekämmt und gedunsen. Dafür brauchte sie sich vor der Mutter nicht zu schämen, dennoch fühlte sie sich ertappt und einen Moment wehrlos. Bis die vertraute Hitze des Zorns in ihr aufstieg und sie wieder stark machte.

«Ich will ihn haben», sagte sie, «er gehört mir.»

Der Tonfall ihrer Stimme reizte Frau Bertha, sie vergaß ihre Vorsätze und schrie. «Benimm dich. Dir werde ich den Meister zeigen. Noch heute kommt mir dieser Mensch aus dem Haus.»

Doras Gesicht verzerrte sich. Sekundenlang hoffte Frau Bertha auf ihr lautes Kinderweinen, dann sah sie, daß ihre Tochter lächelte, mit bösen Augen.

«Wenn Fritz geht, gehe ich mit, auch ohne Trauschein», sagte sie kalt.

So also stand es, Dora erpreßte sie. Die Mutter würde dulden müssen, daß die Unseligen unter ihrem Dach lebten; sie ziehen zu lassen war undenkbar. Diesen Skandal galt es zu vermeiden, um jeden Preis.

Kampflos aber ergab sich Frau Bertha nicht, sie stellte ihre Bedingungen. Die Liaison mußte geheim bleiben, und geheiratet wurde nicht, solange sie lebte.

«Nachher mach, was du willst. Wenn er dich dann noch nimmt.»

Unerbittlich wachte sie darüber, daß das Geheimnis gewahrt blieb. Sich zusammen im Dorf zu zeigen verbot sie, das Paar hielt sich daran. Schaufelberger selber war es, der Dora zur Vorsicht mahnte. «Es ist besser so. Weiß Gott, auf welche Gedanken deine Mutter noch kommt, wenn du sie weiterhin reizt.»

Dora wußte, daß er an die Erbschaft dachte, und schwieg. Schrecklich empfindlich war sie geworden und unsicher ihm gegenüber; das war ihr früher nie passiert.

Aber es genügte, wenn er sie am Kinn faßte und fragte, wo ihre Grübchen hingekommen seien, dann war es gut. Nichts zählte, nur die Wärme seiner großen Hand auf ihrer Haut, alles andere war ihr gleich.

Das Eckzimmer im Erdgeschoß war das Apothekenzimmer. Hier stellten Frau Bertha und ihre Töchter die Zumbachsalbe her, die Wunder wirkte bei Mensch und Tier, das Mittel gegen die Maul- und Klauenseuche und ein Dutzend weiterer Tinkturen, deren Rezepte geheim und seit Alberts Tod im Besitz der Frauen waren. Ein strenger Geruch haftete am Holz des Schrankes, in welchem die Tiegel und Phiolen unter Verschluß gehalten wurden.

Am großen Tisch entlang der Fenster aber wurde regiert. Nur zwei Stühle standen sich gegenüber. Frau Bertha saß mit dem Rücken zum Fenster, von diesem Platz aus konnte sie den Raum überwachen; selbst die Tür. Überraschungen liebte sie nicht. Es war ihr Regierungssitz, und unter ihren Augen regierte Dora mit.

Jetzt war ihr die Freude am Geschäften vergällt. Seit dem Streit mochten sie sich das Wort nicht mehr gönnen, beide schwiegen verbissen. Aber wie sollte Frau Bertha zu einem Entschluß kommen ohne den Rat der Tochter? Hatte Jakob Zaugg das Darlehen zurückbezahlt, und wie stand es mit der Grundpfandverschreibung des Ruchbauern? Marchzinsen, Schuldbriefe und Konten wurden zum unentwirrbaren Knäuel, wenn Dora nicht mithalf beim Denken. Vergeblich quälte sie sich mit den Zahlenreihen, und jedesmal, wenn sie seufzend aufsah, hatte sie das fleckige Gesicht ihrer Tochter vor sich. Im Licht, das ungefiltert durch die Scheiben drang, war Dora ohne jede Anmut.

Die Uhr tickte langsam, die Zeit kroch, Frau Bertha war müde. Ein Geräusch ließ sie zusammenfahren, Dora hatte ihr Rechnungsbuch zugeklappt, rücksichtslos, und ging. Die Tür des Regierungszimmers fiel lärmend ins Schloß.

Frau Bertha war hart im Nehmen und stolz, aber die Feindschaft mit der Tochter zehrte an ihren Kräften. Sie wurde alt. So fand die Versöhnung statt. Nicht von einem Tag auf den andern, zögernd, halbherzig noch lange ging es zu, bis endlich die Verhältnisse wieder schienen, was sie einst gewesen waren.

Schaufelberger blieb ausgeschlossen aus dem Regierungszimmer. Frau Bertha behielt ihre Distanz und behandelte ihn mit kühler Höflichkeit bis kurz vor ihrem Tod. In dieser letzten Zeit aber gelang es ihm, die Frau Doktor noch einmal ganz für sich zu gewinnen. Wegen seiner Reue, seinem klugen Rat verzieh sie ihm, und sie tat es mit Erleichterung.

Eigentlich konnte sich nur Martha mit der Gegenwart des Witwers nicht abfinden.

Als der schöne Robert damals im Doktorhaus erschien, war sie sicher gewesen, daß er ihretwegen gekommen war. Bei jedem seiner Besuche hatte sie eilig die Brille weggesteckt. Aber er sah nur die große, verlegene Schwester, die dumme Lydia, die sich so gar nicht ins rechte Licht zu setzen verstand. Später, als sie Lydias Unglück zu erraten begann – dafür besaß sie einen feinen Instinkt –, war Martha getröstet. Und der nächste Bewerber war ihr bestimmt, auf jeden Fall. Aber es eilte nicht, im Grunde war es hier bei der Mutter am schönsten. Bis dieser Schaufelberger die Villa in Beschlag nahm, sich aufdrängte, sich ausbreitete mit seiner stinkenden Zigarre, als gehörte ihm alles und alle. Es war ihr unbegreiflich; aber die Mutter verbot, schlecht zu reden, und lobte den Hausfreund bei jeder Gelegenheit.

«Eine unschätzbare Hilfe ist er mir, eine Stütze, dummes Kind, das wirst du deiner armen Mutter doch gönnen», pflegte sie zu sagen. Alle behandelten Martheli wie ein Kind. Ganz unerträglich war ihr das scheinheilige, schlangenfalsche Benehmen der Schwester. Nur wenn sie allein waren, zeigte Dora ihr wahres Wesen, vor dem Gast aber konnte sie schöntun, daß es eine Schande war. Als sie gar mit dem Singen anfing, wußte Martha, daß es nicht mit rechten Dingen zuging, und war auf der Hut.

Ihre Zimmer lagen im ersten Stock, nur Frau Bertha schlief im Parterre, weil sie mit dem Treppensteigen zusehends Mühe hatte. Gäste wurden in der zweiten Etage einquartiert; für ihn, den Schaufelberger, war eine Ausnahme gemacht worden. «Soll er doch das Blaue Zimmer nehmen», hatte Dora gesagt.

Martha bewohnte das rechte Eckzimmer. Wände und Möbel waren mit Seide bespannt, im Elfenbeinton ihrer Prinzessinnenhaut. Der nächste Raum stand leer jetzt nach Lydias Hochzeit, und unbenutzt waren auch die zwei folgenden Zimmer, dann kam das Blaue und jenes Doras, das wiederum ein Eckzimmer war, das größte der Etage.

Es gehörte zu den Eigenarten der Zumbachs, die Türen angelehnt zu lassen, das war die Regel. Einzig im Zorn wurde zugeschlossen und ausgesperrt.

Als Martha an diesem Abend zu Bett ging nach dem Musizieren im verrauchten Salon, hörte sie Stimmen und sah einen Lichtschimmer am andern Ende des Ganges; es kam aus dem Blauen Zimmer.

Niemand hatte ihr gesagt, was zwischen Mann und Frau geschah. Und nie hätte sie gedacht, daß der Witwer ein Mann wäre. Und Dora hatte ihn genommen. Es war ekelhaft, und dennoch konnte Martha nicht aufhören, mit angehaltenem Atem durch den Spalt zu starren. Den Rücken der Schwester konnte sie sehen, rittlings hockte sie auf ihm und bewegte sich wütend. Das Bett machte jetzt großen Lärm, das Gesicht des Witwers war dunkelrot.

Unvermittelt verstummte das Knarren, Dora war mit einem Satz vom Bett gesprungen und rannte auf die Türe zu. «Also spionierst du mir nach», schrie Dora und hob die Hand. Martha schützte ihr Gesicht mit beiden Armen und stolperte rückwärts. «Ich geh zur Mutter», stieß sie hervor, «jetzt gleich!» Aber Dora lachte nur, und Martha war, als ob auch Schaufelberger im Zimmer lachte.

Frau Bertha atmete vernehmlich, gestützt vom Kissenberg thronte sie auf dem Paradebett, die Lampe brannte, sie schlief noch nicht. Gereizt blickte sie auf ihre gelbhäutige Tochter. «Ja, ja, ja», sagte sie, «es ist ein Unglück, schick dich drein. Und daß du mir den Mund hältst!» Martha verschlug es die Sprache; die Mutter wußte, was die beiden im Blauen Zimmer trieben, und verbot es nicht. «Bitte, schick ihn weg», schluchzte sie. Aber die Mutter schüttelte den Kopf, griff sich ans Herz und befahl ihr zu gehen.

Sie redeten nie mehr über die Sache. Martha hielt sich schadlos, so gut sie es vermochte; häufig war sie jetzt krank. Auch hatte sie sich angewöhnt, schamlos an den Türen zu lauschen.

«Martha braucht einen Mann, sie wird alt», höhnte Dora. Längst nahm sie auch in Gesellschaft kein Blatt mehr vor den Mund. Es war kinderleicht, Martha zu reizen mit ihrer Neigung zur Hysterie, nie aber ließ sie sich zu einer Antwort hinreißen, wenn von ihrer Zukunft die Rede war. Sie wollte keine Ehe. Seit jenem Abend hatte sie mit Männern nichts mehr im Sinn. Marthas Leben war dunkel geworden. Nur in ihrem Elfenbeinzimmer fühlte sie sich wohl, und sie war entschlossen, darin zu bleiben.

Vor dem Witwer ekelte sie sich derart, daß sie die Toilette der ersten Etage nicht benutzen konnte; schon beim Gedanken daran wurde ihr schlecht. Sie war gezwungen, ins Parterre zu laufen, mitten in der Nacht. Schaufelberger war der Teufel in Person. Solange die Mutter lebte, hielt er sich im Hintergrund, er hatte ja Dora. Und Dora tat, was er ihr befahl; das zeigte sich bei der Testamentseröffnung.

Die Brüder waren ausgeschaltet, an ihre Stelle trat der Vormund. Das genügte ihm nicht, er wollte mehr.

Dora war zu allem bereit, unter einer Bedingung: schriftlich mußte er ihr die Ehe versprechen. Schaufelberger tat es lachend. Und bekam seinen Sitz im Regierungszimmer; zusammen mit Dora sollte er das Vermögen der Zumbachs verwalten.

Bargeld fand sich erschreckend wenig im Kassenschrank, selbst die Anspruchslosen der Familie konnten sich schwer damit zufriedengeben. So schritt man zur Schätzung des gesamten Besitzes. Der errechnete Wert beruhigte die Gemüter; da hatte man etwas Rechtes in den Händen, nur eben, flüssig mußte man es machen.

Dora verlor keine Zeit, den Gutshof wollte sie verkaufen, der seit Johanns Bestrafung ohnehin verpachtet war. Martha wehrte sich vergeblich. «Mutter hätte es nie erlaubt, alles soll zusammenbleiben», schrie sie außer sich.

Von Lydias Mann kam die Zustimmung postwendend. Dora hatte ihren Brief an ihn adressiert, die arme Lydia hatte ohnehin keine eigene Meinung, und von Geld verstand sie nichts. O ja, Robert war für den Verkauf. Diese Gelegenheit konnte er sich nicht entgehen lassen. Verzweifelter denn je brauchte er Geld; das wenige aus dem Erbteil war längst verbraucht, die Gläubiger ließen sich damit nicht abspeisen. Ein Tropfen auf einen heißen Stein war das gewesen, ein lächerliches Nichts. Martha war überstimmt, und noch im Todesjahr Frau Berthas gelangte das Gut in den Besitz Schaufelbergers. Für ein Butterbrot, für einen Schandpreis. Es blieb nicht beim Bauernhof; Parzelle um Parzelle und ein Großteil der Wälder gelangten aus denselben unseligen Gründen in die Hände des Gauners, wie Martha den Witwer nannte. Auch Robert war ein Gauner, beide waren sie Erbschleicher, und niemand tat etwas dagegen. Die Brüder vermochten nichts, sie hatten keine Stimme mehr. Johann verdiente als Fabrikarbeiter sein Leben, Felix wurde Knecht beim neuen Pächter, den Schaufelberger auf den Hof gesetzt hatte.

Martha blieb in ihrem Zimmer. Auf Haushaltskosten hatte sie ein eigenes Klavier gekauft und ärgerte die Schwester mit stundenlangem Spiel. Noch etwas tröstete sie: auch Dora war nicht glücklich. Immer neu wurde die Hochzeit verschoben; es kam zu schrecklichen Szenen. Martha konnte jedes Wort verstehen. Wenn es dann ruhig wurde im Blauen Zimmer, wußte sie, daß sie es wieder miteinander trieben. Danach war Dora jedesmal guter Laune.

Sieben endlose Jahre mußte Martha aushalten. Die Strafe traf Schaufelberger am heiteren Tag, mitten in einer Versöhnung.

Er wird alt, fuhr es Dora durch den Kopf, als sie sein plötzliches Erschlaffen spürte. Das war ihm noch nie passiert. Sie beugte sich näher über sein Gesicht, sah den Schweiß auf der entfärbten Haut, das schwärzliche Netz der geplatzten Adern, den starren Blick. Erschrocken klatschte sie gegen die feisten Wangen. Aber Schaufelberger rührte sich nicht und atmete nicht; er war nicht mehr da.

Erst die Gegenwart der Schwester brachte Dora zur Besinnung. Noch immer lag sie über dem Toten. Martha war gekommen, trotz des Verbotes. «Laß mich», stöhnte sie, «verschwinde.»

Dora konnte wieder denken. Ekel und abergläubische Angst erfüllten sie. Sie schloß die Augen, wartete auf Marthas Schritte zur Tür, erst dann löste sie sich von der Leiche und bedeckte zitternd ihre Blöße.

Schaufelbergers Tod hatte Folgen, die Martha nicht voraussehen konnte; er brachte wohl Genugtuung, aber keine Erlösung. Sie war jetzt allein mit Dora, die zur Teufelin wurde.

Der Verstorbene hatte nicht Wort gehalten, ein neues

Testament zu Doras Gunsten ließ sich nicht finden. So fiel der gesamte Besitz an seinen Sohn.

Nur die Villa mit dem umliegenden Land und den Gärten war den Zumbachs geblieben, Dora aber hatte alles verloren. Sie hatte gemeint, es in Händen zu haben, ihr Schicksal und ihn, um den die Welt sich drehte, doch er war ihr entglitten, hatte sich fortgestohlen in den Tod.

Das Haus war still und leer, Dora ertrug es nicht. Gegen ihren Willen suchte sie die Gesellschaft der Schwester, bis neuer Zank sie auseinandertrieb.

Ruhelos ging Dora von Zimmer zu Zimmer, ihr Blick saugte sich fest an den Dingen, die der Witwer im Laufe der Zeit zusammengetragen hatte. Seine Schützenabzeichen, die Bierdeckelsammlung, die Zigarrenkisten aus aller Herren Länder und, großer Gott, die Schuhe, die Spazierstöcke. Seine Anzüge aus braunem soliden Tuch, die nach ihm rochen, nach seinem Tabak. All das war da, nur er war fort. Dora weinte nie, sie konnte es nicht.

Es dauerte Wochen, bis sie zu einem Entschluß kam. In diesem Haus mochte sie nicht mehr leben, sie gab es auf. Was die Familie davon hielt, zählte nicht. Sie setzte ihren Willen durch mit boshafter Freude: dieses Zuhause sollte keinem der Geschwister gehören, sie sollten es verlieren, wie sie selber es verloren hatte.

Man war mitten im Krieg. Viele Neugierige besichtigten die Villa, wirklich Interessierte aber meldeten sich selbst auf Annoncen in den Berner und Zürcher Zeitungen nicht. Ein Angebot allerdings blieb bestehen. Fast zwei Jahre dauerte es, bis Dora sich entschließen konnte. Das Dorf hatte Geduld; am Ende bekam es das Doktorhaus, zu einem rechten Preis. Die Otzwiler machten den stolzen Bau zu ihrem Gemeindehaus.

Ohne die Meinung der Schwester einzuholen, erwarb Dora von ihrem und Marthas Anteil eine kleine hellgrün gestrichene Villa am Dorfrand. Martha hatte ihr zu folgen, sie hatte keine Wahl.

Das Grundstück grenzte an die fruchtbaren Matten, die sich bis zum Unterwald erstreckten. Wohin man blickte, war schönes Land, einstiges Zumbachland; Dora kümmerte es nicht. Die Familie war zugrunde gerichtet, das letzte Geld verteilt. Nichts blieb als Haß, und davon besaß sie genug.

Dora war sehr dick geworden. Nach Schaufelbergers Tod hatte sie unmäßig zu essen begonnen; nur so gelang es ihr, das nagende Gefühl der Leere wenigstens für Momente zu betäuben. Die Schwestern gingen sich aus dem Weg, stur und vergebens, unweigerlich stießen sie zusammen. Keine schonte die andere, Martha spottete, und Dora fand zurück zum Jähzorn, er gab ihr Hitze und Leben.

«Wart nur ab, was mit deinen Biestern passiert! Totschlagen werde ich sie.» Das war ihre beste Drohung, jedesmal lief Martha dann jammernd ins Verandazimmer und schloß sich ein. Im Doktorhaus waren Haustiere verpönt gewesen, das sei etwas für Bauern, hatte die Mutter gesagt. Jetzt war das anders, die alten Regeln hatten keine Bedeutung mehr.

Martha hatte nicht gewußt, ob sie Katzen mochte, sie hatte nur einfach etwas Feines besitzen wollen und gleich drei gekauft, teure mit Angorafell.

Nicht lange blieben die Tiere Spielzeug, bald waren sie ihr ein und alles. Abgöttisch liebte Martha die Schönen, ihre Kinderlein. Aus Furcht vor Doras Rache achtete sie darauf, daß die Katzen nicht frei im Haus umherliefen. Das Verandazimmer war ihr Reich, oft schlief Martha auf dem Kanapee mit ihnen zusammen. Den Schlüssel zum Zimmer hütete sie eifersüchtig, sie trug ihn an einem Goldkettchen um den Hals.

Zwei Jahre noch lebten die entzweiten Schwestern nebeneinander, dann brachte ein Weihnachtsmorgen die Erlösung; Dora starb. Martha war fünfzig Jahre alt. Den Katzen öffnete sie jede Tür, das Haus gehörte nun ihnen.

Selten ging sie aus. Tat sie es dennoch, kleidete sie sich in die geretteten Roben und Pelze der guten Zeit.

Vornehm trippelte Martha durchs Dorf, nickte gnädig, übersah mit Verachtung den Gruß eines andern. Ihren Vogelkopf trug sie hoch. Nur wenn ihr Weg sie am Gemeindehaus vorbeiführte, senkte sie den Blick.

Wäre sie keine Dame gewesen, hätte sie ausgespuckt. In Martheli lebte der Stolz der Zumbachs ungebeugt weiter, nicht eine Sekunde vergaß sie die Bedeutung ihrer Herkunft.

*

Bekehrungen

Im Vorjahr seiner Krankheit hatte Robert eine Zentralheizung einbauen lassen. Die schönverzierten Öfen mit den weißen Kacheln wurden herausgerissen mitsamt ihren Rohren, die sich an der Zimmerdecke entlangzogen.

Nun gab es kein Holz mehr hinaufzuschaffen vom Hof auf den Dachboden, kein Anfeuern und Nachlegen, keinen Schmutz mit Briketts und Kohle, keine Arbeit mehr. Es war modern und sehr teuer. Robert war stolz darauf; unbezahlte Rechnungen hinderten ihn nicht, das zu tun, was ihm beliebte. Lebenskünstler mußte man sein, allein darauf kam es an.

Der unverdiente Schlag zwang sein Dasein in einen Bereich, der ihm bitter war und eng. Dennoch klammerte er sich daran; er wollte leben. Was ihm blieb, erschien ihm als abgezirkeltes Stückchen Land, als ein armer Quadratmeter feuchtdunkler Erde, in welche die Füße sich tief eingruben unter dem Gewicht der Angst. Robert war zum Bleiben entschlossen, diese Festung galt es zu halten mit eisernem Willen und letzter Kraft. Also verordnete er sich seufzend den Ruhestand.

Er wußte, daß sein Neffe seit langem auf diese Stunde wartete. Nun, er würde ihm den Laden überlassen, aber ohne Rabatt. Ein Geschäftsmann machte keine Geschenke, das sollte der junge Zumbach endlich lernen. Und Robert behauptete sich. Er triumphierte über Louis und über die lähmende Schwäche, die ihn nun ein Jahr gefangenhielt.

Auch jetzt, wo es schon früh dunkelte, beeilte sich Elin nicht. Sie zählte Fenster, Tauben, manchmal die ungleichen Köpfe des Straßenpflasters, dann war sie doch vor dem Haus und wußte nicht, ob sie durch den Laden gehen oder durchs Kronengäßlein zur Hoftür sollte. Sie stand und wartete auf das Zeichen.

An glänzenden Ringen hing die dreizackige Krone am Gasthausschild nebenan. Fast unmerklich schwankte sie im Wind und winkte die Richtung; es war Elins Pendel, es zeigte ihr den rechten Weg.

In der Stube war die Heizung abgestellt; Mama behauptete, sie müßten sparen, weil sie Onkel Robert Geld schuldeten. Die Wohnung war finster und leer. Auf Zehenspitzen schlich Elin die Treppe hinunter, aber sie sah kein Licht in der Küche; bestimmt saß Lydia im Bureau beim Onkel, und da hinein durfte Elin nicht.

Nur zum Essen kamen die Eltern; unaufhörlich, bis in die Nacht, bedienten sie Kunden. Nach Weihnachten würde es besser werden, hatte die Mama gesagt – sie war jetzt immer müde und lachte nicht –, so lange mußte Elin noch aushalten.

An guten Tagen aber war Lydia doch in der warmen Küche zu finden, und Elin durfte ihr helfen. Mit dem Rundholz wurde der duftende Teig über den Tisch gewalzt, mit Genuß stieß Elin die mehlbestäubten Förmchen in die Masse, und vorneweg hob Lydia mit einem glänzenden Spachtel die Hunde, Sterne, Enten und Herzlein aufs Blech. Am liebsten waren dem Kind das Reh und der kleine Halbmond, davon stach es ein volles Rudel für Waldland und Himmel aus dem Mailänderteig.

Sie wurden nicht gestört, der Onkel erschien erst, als es Zeit für seine Suppe war. Oft aber kam er, sobald er Stimmen aus der Küche hörte. Er tat, als freue er sich, und plauderte mit dem Kind. Trotzdem spürte es seine Ungeduld und auch, daß Lydia eben doch lieber allein mit ihm war.

Elin mußte mit sich selber spielen.

Endlich floß der blaue Stoff in gleichmäßigen Falten um ihre Füße, das Oberteil wurde kunstvoll drapiert, Watte zum Pelzbesatz in den Ausschnitt gesteckt. Um den Kopf wickelte Elin bunte Bänder und Mamas Bernsteinkette.

Mit angehaltenem Atem schaute das Kind auf die Gestalt, erschrak vor den Augen, die nun der *andern* gehörten.

Es wollte sie nicht gehen lassen, aber die Fremde entfernte sich mit winzigen Schritten, wurde kleiner und kleiner, zuletzt drehte sie dem Spiegel den Rücken zu, winkte von weit her und war verschwunden.

Elin hörte die Uhren schlagen im Haus; sie mußte sich beeilen. Die Deckenlampe malte einen orangenen Schimmerkreis aufs Parkett. Jenseits war Abgrund, rundherum, ein Loch, mit schwarzem Wasser gefüllt.

Blinzelnd sah Elin zum Schrank. Da war ein Seil gespannt über die Leere; Elin balancierte den Stab in den ausgebreiteten Armen und tanzte hinüber.

Nie täuschte sie sich beim Einräumen, jedes Ding kam an seinen Platz. Dieses Seidenband gehörte in die mittlere Schublade hinter die gesteiften Hemden des Vaters, in die Schachtel, die nach Kölnischwasser roch. Die Lade klemmte. Bis zum Ellbogen zwängte Elin den Arm, ertastete den Gegenstand, unter ihren Fingern knisterte Papier. Hastig zog sie die Hand zurück, die Schublade gab nach.

Ein Paket lag zwischen den Hemden, silbern verschnürt. Und ohne zu verstehen, wie es geschehen konnte, waren Schnur und Papier gelöst, die Mütze zum Vorschein gekommen, mit leuchtend farbigen Stickereien durchmustert, aus Rentierfell. Jeden Winter hatte Elin die Kusinen beneidet darum, aber Vater war gegen das ausländische Zeug, er verstand es nicht. Da, wo Tante Berit herkam, trugen eben alle Kinder Lapplandkappen.

Freude betäubte das Kind, dann durchzuckte es das Wissen um seine Schuld.

Die Mutter merkte nichts; Elin hatte das Paket geschickt verschnürt und zurückversteckt, dennoch war alles verloren, die Zeit bis zum Fest eine einzige Qual.

Immer stand Elin am Heiligen Abend in der dunklen Küche, während der Vater die Kerzen anzündete. Sie sah durchs gerippte Glas, wie sie aufflammten, eine nach der andern; kniff sie die Augen zusammen, wurde aus den vielen Lichtern ein einziges großes, ein weitaus strahlendes. Weihnachten.

Gleich würde man sie rufen, sie würde in die Stube treten und glücklich sein. So war es immer gewesen, heute würde es anders sein. Aber der Baum überglänzte alle Dunkelheit, Elin vergaß.

«Es ist ein Ros entsprungen», sang Mama. Elin schaute auf die Bernsteinkette, tanzend verschob sie sich über der Narbe am Hals. Das Kind konnte nicht singen, neu und gewachsen stand die Furcht wieder auf.

Nach den Liedern kamen die Geschenke der Großeltern an die Reihe, Elin packte aus: den rosa Pyjama mit weißgepunkteten Rändern, die extragroße Frigorschachtel, die Flasche Lebertran. Niemand durfte erfahren, daß das kostbare Mittel im Wandschrank verschwinden würde, schon am nächsten Tag. Einen Löffel davon mußte Elin schlucken, damit gab sich Ruth zufrieden, selbst Louis verriet sie das Geheimnis nicht. Die Großeltern wollten keinen Kuß, nur die Hand mußte das Kind geben und sie hinunterbegleiten bis zur Türe. Und dann mußte es Lydia holen.

Am Heiligabend war es schlimm mit ihr, sie wollte keine Vernunft annehmen, sie wollte nicht feiern, sie wollte in der Laube bleiben, ganz allein. Dabei weinte sie laut. Es war die Aufgabe des Kindes, sie zu überreden; ihm gab sie endlich nach.

Heute war alles anders, Lydia war nicht mehr allein.

Leise ging Elin durch den Gang und öffnete die Stubentüre. Ein Kinderbäumchen hatte Lydia geschmückt, bläulich zuckten die Flammen um die Kerzenstummel, leuchteten neu auf und erloschen so plötzlich, als wäre ein Wind im Zimmer. Lydia saß reglos auf dem Kanapee, neben ihr schlief der Onkel. Bleiches Licht fiel durch die Tüllvorhänge, es kam von den Glühbirnen der Tannengirlanden über den Schaufenstern der Stadt.

«Ich komme», flüsterte sie. Dem Kind war wohler.

Langsam machte es die Pakete auf, die noch unter dem Baum lagen. Im bunten Haufen achtlos zerknüllten Papiers glitzerte die Silberschnur des letzten Geschenkes.

«Worauf wartest du?» fragte Mama, ihre Augen glänzten. Das Kind zerrte an der Schnur, daß sie riß. Bis zu diesem Augenblick war es auf Strafe gefaßt gewesen, wenigstens der Liebe Gott hätte etwas merken müssen. Es fühlte die Blicke der Mutter auf sich, ihre gespannte

Erwartung, hörte ihr Lachen und meinte, für immer von ihr getrennt zu sein.

Gleich darauf ging Lydia, der Onkel hatte mit dem Stock gegen die Decke geklopft.

Roberts Pendel wirkte Wunder. Den Stock würde er weiterhin brauchen und Lydia zum Treppensteigen, mit dem lästigen Zittern aber war es besser geworden. Das war die Hauptsache; endlich konnte er sich wieder sehen lassen.

In tadelloser Haltung saß er im Bureaustuhl und las seine Post. Immer diese Geldgeschichten! Die Pfändungsanzeige war vom 8. Januar, und heute war schon der zehnte.

Pfeifend tippte Robert mit der guten Hand seine Antwort, dem Blutsauger würde er es zeigen, jawohl. Vier Uhr war vorüber, als er schwungvoll unterschrieb, höchste Zeit für eine kleine Abwechslung.

Auf dem Küchentisch stand das Arsenal Büchsen bereit, das Teewasser kochte, sein Kristall würde die richtige Sorte angeben. Lydia glaubte wohl, ihn damit im Haus zu halten, mit Kamillentee! Dann bemerkte er das Kind. Bei Gott, es besaß die Augen Lydias, dieselbe undurchdringliche Helle, die nichts preisgab und alles spiegelte, den Zumbachblick und wohl auch ihren grundlosen Stolz. Aber niedlich war die Kleine, puppengleich.

«Ich nehm dich mit zu Stern», sagte er.

Etwas in Lydias Stimme, die Art und Weise, wie sie die Hände zusammenschlug, sagte dem Kind, daß dies ein neues Spiel sei und daß es heute mitspielen sollte.

Der Onkel pfiff durch die Zähne, als Lydia ihm in den Mantel half.

Stern war das feinste Lokal der Stadt, Elin trug ihre Lappenmütze, zum ersten Mal.

Winzige Tische reihten sich vor samtgepolsterten Wandbänken, zu jedem gehörten Stühle aus Gold. Überhaupt war alles klein im Café, es schien für Kinder gemacht, und doch waren keine da, nur Elin. Nie gesehene Tortenstücke waren im hellbeleuchteten Glaskasten ausgestellt. Mit dem Finger durfte man zeigen, welche man haben wollte, und erfuhr auch gleich die sonderbaren Namen. Baba, Millefeuille, Diplomat! rief das vanilleduftende Fräulein zu Frau Stern hinüber, und die Kasse klingelte bei jedem Wort.

Eine Liliputschürze stand steif um die Taille des Fräuleins, die gewaltige Schleife im Rücken wippte im Takt der eiligen Trippelschritte.

Onkel Robert trank Kaffee aus dem Mokkatäßchen, er nahm sich augenzwinkernd vom Schlagrahm, der eigentlich in die heiße Schokolade gehörte; ganz unauffällig hatte Elin das Silberschälchen zum Onkel geschoben. Er kannte jedermann, bald war er der Mittelpunkt einer lauten Gesellschaft. Nun winkte er noch einen jungen Mann an ihren Tisch. Man werde eben zusammenrücken, aber sicher ginge das, rief er und lachte, wie

Elin ihn noch nie hatte lachen hören. Eingeengt saß sie nun zwischen diesem Heinz und Robert. Die schwere Süße seines Rasierwassers stieg ihr in die Nase, daß sie nicht weiteressen konnte. Aber niemand beachtete sie, die Jungen redeten nur mit dem Onkel und taten, als sei er ihnen das Liebste auf der Welt. Dabei machten sie sich lustig über ihn, einzig der Onkel merkte es nicht; er lachte am lautesten und wollte unbedingt für alle bezahlen. Als es dann Zeit war zum Gehen, halfen sie ihm beim Aufstehen, dadurch entstand ein großes Gelächter und Durcheinander, denn sie betätschelten Onkel Robert und ließen sich zu Elins Verwunderung küssen von ihm.

«Jetzt hast du Lydia etwas zu erzählen», sagte er auf der Straße und pfiff, bis sie daheim waren.

Natürlich fragte sie das Kind aus. Da Robert die Bureautür angelehnt ließ, vernahm er dicht dahinter stehend fast jedes Wort. «Und er hat alles für die Buben bezahlt», tönte die helle Stimme durch den Gang. So, jetzt wußte sie wieder, wer der Meister war im Haus. Befriedigt schloß Robert die Türe. Noch war er nicht erledigt.

Aber Lydia verdarb ihm die Laune, sie schwieg und behielt ihr Nonnenlächeln.

Robert mußte sich gedulden. Bis in den März hinein blieb es kalt, schmutzig lag der alte Schnee auf den vereisten Straßen. Dann leckte ein einziger Föhntag den

Winter vom Boden, naß glänzte der Asphalt in der Sonne, und am Morgen danach waren die Vögel da und lärmten.

«Frechdachse», sagte Robert vergnügt. Es war soweit. Mit den Augen liebkoste er das Dach der Garage unter dem Bureaufenster, freute sich im voraus auf den strengen Geruch der Ledersitze und das mühelose Gleiten des Lenkrads in den Fingern, auf das Singen des Motors.

Das war, was er brauchte, das nannte er Leben. Und diesmal würde Lydia das Lachen vergehen. Er täuschte sich nicht, ein Schatten überflog ihre Augen; jetzt konnte er darin lesen, jetzt verriet sie sich.

«Fährt jemand mit?» fragte sie.

«Ja woher denn», sagte er abweisend. Er beherrschte sein Zittern tadellos.

«Dann komme ich mit.»

Robert verzog keine Miene, erst als Lydia aufsprang und mit hastigen Bewegungen nach dem Mantel griff, lachte er auf: «Das geht leider nicht. Du verstehst mich doch!» Wie angewurzelt stand sie nun, sprachlos.

Robert hatte sein Ziel erreicht. Am Ende würde sie gar die Treppe putzen, schließlich war Sonntag, der Tag des Herrn.

Lydia war in die Laube gelaufen, durch die Glaswand sah sie das offene Garagentor. Der bordeauxrote Chevrolet glitt heraus, beschrieb einen eleganten Halbkreis im Rückwärtsgang und schoß davon.

Sie setzte sich auf die hintere Zwillingsbank und wartete. Aber der Schmerz kam nicht; vielleicht war er da, aber er erreichte sie nicht, schien gleichsam in Watte gepackt, wie es im Traum geschah. Vorsichtig atmete Lydia, mißtrauisch gegen sich selbst.

Alles blieb ruhig. Zwar gingen ihr Gedanken durch den Kopf, kamen und gingen wie Wolken, die ein Wind bewegt. Keinem hing sie nach. Sie wartete, wach, wie sie es nie gewesen war. Der Schmerz blieb aus.

Später mußte sie doch eingenickt sein, denn sie fiel aus beträchtlicher Höhe hart auf den Grund, kam zu sich und sah, daß sie noch immer auf der Bank saß. Die Nacht war im Anzug. Lydia erhob sich, spürte ihr Kreuz, den schlimmen Fuß und lächelte. Es war Zeit, ans Abendessen zu denken, Robert würde pünktlich sein, er würde heimkommen, zurück zu ihr.

Bis in den Herbst hinein ging es Robert gut. Er roch wie eine Blume, wenn er am Nachmittag das Haus verließ. Seit dem dummen Unfall ging er meist zu Fuß.

Er hatte das Fahrrad erst gesehen, als es auf dem Boden lag, mit dem Mädchen darunter. Zum Glück war nichts passiert, ein aufgeschlagenes Knie, ein bißchen Nasenbluten und natürlich ein wehleidiges Getue. Fünfzig Franken hatte er der Halbwüchsigen in die Hand gedrückt, damit sie sich zufriedengab. Solche Dinge erledigte Robert ohne Polizei. Eine größere Note hatte ihn das Schweigen des Garagenbesitzers gekostet. Die Rechnung für die verbogene Stoßstange lag noch immer auf seinem Schreibtisch.

Spazieren war gesund, seine Freunde saßen ohnehin im Café. Zu einem Fährtchen wollte sich keiner bequemen, sie lachten nur! Aber wenn Robert bei Stern erschien, küßten sie ihn. Darüber vergaß er jeden Ärger, bestellte Kuchen und freute sich über den Appetit seiner Buben.

Mit seinem Rasierwasser ging Robert großzügig um, er trug es wie manche Leute ein Amulett. Sein Duft hielt die Säfte und Energien im Gleichgewicht, bot Schutz vor den Strahlen des Alls und dem tückischen Atem des Hauses. Sein Pendel hatte ihm die Augen geöffnet, rechtzeitig hatte er die Gefahr erkannt und dafür gesorgt, daß in jedem Zimmer ein Flakon des wundertätigen Wassers in Reichweite stand.

Am besten fühlte er sich nach dem Mittagsschlaf, danach zitterte selbst sein linker Arm nur unmerklich, und ihm gelang eine tadellose Rasur. Robert machte sorgfältig Toilette, zu dieser Stunde brauchte er Lydias Hilfe nicht. Pfeifend griff er nach seinem Parfum, verhielt plötzlich und lauschte angestrengt. Was trieb das Kind im Zimmer nebenan? «Elin», rief er streng. Elin gab keine Antwort, Elin war in der Schule. Lähmend kroch Kälte zu seinem Herzen, die schwere Kristallflasche entglitt seiner Hand und zersplitterte im Waschbecken. Der Lärm des berstenden Glases wurde übertönt vom Gelächter, das aus dem Zimmer kam.

Robert stürzte durch den Gang, treppab, rasch kam er voran, er fiel. Als Lydia ihn fand, schien er ohne Bewußtsein, lag auf der letzten Stufe vor ihrer Tür, das Gesicht naß von Tränen.

Robert war beidseitig gelähmt. Als die Sanitäter ihn aufs Kanapee legten, kam er zu sich und versuchte zu sprechen. Lydia beugte sich über ihn. «Ich ... will ... hierbleiben», keuchte er mit angstgeweiteten Augen. Sie saß bei ihm und streichelte seine leblose Hand, während sein Bett aus dem dritten Stock geholt wurde. Für ihr eigenes war in der Stube kein Platz, sie würde mit dem Kanapee vorliebnehmen. Robert verfolgte das Hin und Her mit gespannter Aufmerksamkeit. Sein Mund verzog sich, als man ihn umbettete, aber sein Blick war besänftigt. Er schlief ein. Lydia folgte dem Arzt in die Küche und sah, daß der gute Louis dabei war, Tee zu kochen. «Ja», sagte sie, «ich habe alles verstanden. Eine Krankenschwester brauche ich nicht. Sehen Sie, selbst von hier aus kann ich ihn überwachen.» Sie lächelte und öffnete das Fenster der Durchreiche, die den Blick auf den Kranken freigab. Dann gab sie dem Arzt ein sauberes Handtuch und nötigte ihn zu einer Tasse Tee.

Allein mit Louis, schwieg sie; sie hatte mit ihm zu reden, aber sie hatte Zeit. Das nahe Atmen Roberts beruhigte sie, ihr war unbegreiflich leicht zumute. «Ruth muß heimkommen. Denk an das Kind!» sagte sie endlich. Louis' Gesicht rötete sich, er nickte mit gerunzelter Stirn. Selbst die Haut seines nackten Schädels legte sich in Falten, wenn er zornig war oder Kummer hatte.

In der Augusthitze war Gottfried Tanner erkrankt, vierzehn Tage später war er tot. Mit einem verletzten Daumen hatte er Maß genommen und sich an der Leiche vergiftet. Er machte den Sarg des Mannes, der ihm den Tod bringen sollte, ging an die Beerdigung, wie es seine Gewohnheit war, danach legte er sich zu Bett. Ein stetig steigendes Fieber packte ihn. Man brachte ihn mit allen Mitteln zum Schwitzen. Man betete. Das Gift blieb Sieger.

Niemand konnte Ruth einen Vorwurf daraus machen, daß sie nach dem Begräbnis zusammenbrach. Sie hatte sich tapfer gehalten, jetzt war sie am Ende ihrer Kraft. Sie mußte zur Kur, auf unbestimmte Zeit. Den Diakonissen am See gelang es auch diesmal, sie wieder aufzupäppeln und, was für Ruth das Wesentliche war, ihren kleinen Glauben zu stärken, daß er neu wuchs.

Nun hatte sie eine Aufgabe: sie mußte so werden, wie der Heiland sie haben wollte. Und Er war gnädig, Er schickte ihr die Prüfung erst am Tag, als sie spürte, daß ihr Herz verwandelt war. Willig, mit gerundeten Wangen, verließ Ruth ihr Paradies und kehrte zurück ins Winterhaus.

Es war schwerer, als sie gedacht hatte. Lydia ging auf Zehenspitzen, sie duldete keinen Lärm. Darin war sie unerbittlich, selbst dem Kind gegenüber, es beugte sich ihrem Diktat mit einem Eifer, der Ruth befremdete. Es konnte geschehen, daß Elin sie vorwurfsvoll anblickte, wenn sie ein lautes Wort sagte oder den Stuhl zurechtrückte in der Stube, die doch ihre Wohnstube war. Nach der Schule ging das Kind sogleich hinauf in sein Zimmer, um zu lernen, die neue Lehrerin war sehr streng. Bis zum Abendessen drang kein Laut von oben, diese Stille lastete auf Ruth. Sie begann, wieder im Geschäft zu helfen. Hier wenigstens wurde sie gebraucht. Eines Tages ertappte sie Elin auf der Treppe, mit bloßen Füßen, auf dem Weg zu Lydia. Es traf sie hart; ihr eigenes Kind hatte sie belogen. Und in seiner Verstocktheit zeigte es keine Reue, es schwieg mit starrem Gesicht, seine Augen waren undurchdringlich. Ruth strafte es mit Verachtung, sah über das Kind hinweg den ganzen Abend, sagte kein Wort, nur, daß es den Teller leer essen müsse, dann schickte sie es ins Bett.

Louis stellte keine Fragen, er kaute ungeduldig, mit gesenktem Kopf. Als Elin ohne Laut gegangen war, flüchtete er sich hinter seine Zeitung.

Ruth fand keinen Schlaf, sie quälte sich. Wieder sah sie das kleine wächserne Gesicht. Dem Kind zuliebe war sie heimgekommen, und es stieß sie zurück! Lydia genügte ihm, und Louis genügte sich selbst. Sie haßte dieses Haus, es zehrte an ihr, es verschluckte das Licht.

Auf dem Nachttisch lag die Bibel. Das schwere Buch öffnete sich von selbst. Die Buchstaben tanzten ihr vor den Augen. «... und hätte allen Glauben, also, daß ich Berge versetzte, und hätte der Liebe nicht, so wäre ich nichts.» Ruth krümmte sich. Sie hatte Trost erhofft und wurde zurechtgewiesen. Sie war sich ihrer Liebe sicher gewesen, ihrer Liebe zum Kind, davon redete Gott. Die nächste Stelle, die Er ihr zu lesen gab, handelte vom verlorenen Schaf. Jetzt endlich verstand sie, was Er von ihr erwartete.

Am Morgen stand das Zelt auf dem Forstacker. Peter Malte, der Kindermissionar, war in der Stadt; ein Gesandter, aus Holland, Hammondorgel spielend und begnadet.

Das Zelt enttäuschte Elin. Es war rechteckig mit einem flachen Dach aus straff gespanntem Segeltuch, ganz anders als beim Zirkus. Eng zusammen saßen die Kinder auf den Bänken. Draußen herrschte Aprilwetter; wenn die Sonne hervorkam, wurde es blendend hell, bis erneut Schatten übers Zeltdach jagten und Regen die Stimme des Mannes übertönte. Dann sprach er lauter, daß sein Hals schwoll. Elin schielte zu dem Bub neben ihr. Beim Hineingehen hatte er sie getreten, absichtlich, jetzt wippte er mit dem Fuß. Kein einziges Mal sah er sie an, er starrte gebannt auf den Mann, der vor ihnen auf dem Holzpodest redete. «Der Heiland ist euer Großer Bruder», rief er, «und ich bin Bruder Peter.» Das gefiel Elin, auch sein Kauderwelsch, es erinnerte sie an Tante Berit. Die Tante war böse geworden, als Mama vom Missionar erzählte; die Kusinen hatten zuhause bleiben müssen.

Der Regen war nicht mehr zu hören, als Bruder Peter auf der Hammondorgel spielte und erzählte. Jetzt füllte das Zähneklappern der Sünder den Raum, jetzt war der Jüngste Tag. Die Erde bebte und öffnete sich. Dann ließ er den Heiland in gleißendem Licht erscheinen, und mit ihm jubelten die Geretteten.

Elin blinzelte, im Zelt war es plötzlich still. Bruder Peter breitete die Arme aus. «Wollt ihr», flüsterte er, «wollt ihr gerettet sein? ... So hört.«

Vielstimmig klagte die Orgel, dann fing das Pochen an. Aus großer Entfernung kam es näher, wurde durchdringend. Unermüdlich klopfte der Heiland und bat um Einlaß.

Ohne sein Spiel zu unterbrechen, sagte Bruder Peter, was sie tun sollten, und nickte, als das erste Kind aufs Podest stolperte. Es war ein Mädchen mit Ponyfransen, er sah es kaum an, seine eigentümlich farblosen Augen richteten sich starr hinab, auf die andern Kinder. Und sie kamen, es waren viele. Als die Bänke leer waren, verstummte die Musik, Bruder Peter stand auf. Jedem Kind legte er die Hand auf den Kopf, während es sein Versprechen gab. Vor Elin kam der Bub an die Reihe. Er wippte nicht mehr, er war weiß im Gesicht, seine Stimme zitterte, dann begann er zu schluchzen. Alle Benommenheit wich von Elin, sie stand jetzt hochaufgerichtet. Wenn dieser Bub sich bekehrt hatte, konnte sie es auch. Ungeduldig schloß sie die Augen; die Hand berührte ihren Scheitel, das war schön. Sonst spürte sie nichts, obwohl sie nun gerettet war. Warum hatte der Bub geweint?

Daheim vergaß sie ihre Enttäuschung. Mama hatte Schokoladekuchen gebacken, den es sonst nur am Geburtstag gab; sie freute sich, weil Elin ja gesagt hatte. Das genügte, alles war gut.

In der Schule allerdings nützte Elin die Bekehrung nichts. Frau Pulver war unerbittlich wie immer.

Im sandsteinernen Riesenbau drängten sich die Buben und Mädchen vor den Klassenzimmern; sie lärmten und achteten nicht auf das erste Glockenzeichen. Der Unterricht begann in zehn Minuten, sie hatten Zeit.

Der Platz vor Frau Pulvers Tür war leer. Ihre Schüler saßen bereits an den Pulten, die Lust am Zuspätkommen hatte sie ihnen im ersten Jahr ihrer Herrschaft schon gründlich verleidet. Auch geschwatzt wurde nicht in ihrer Schulstube, selbst wenn sie nicht da war: bei ihr wurde gelernt.

An Donnerstagen war sie besonders streng. Der freie Nachmittag wirkte nach bei den Kindern, es brachte sie aus dem Gleis, wie sehr sie auch beschäftigt sein mochten mit den Hausaufgaben. Und dem Aufsatz. Mit einem kurzen gab sie sich nicht zufrieden, Frau Pulver wußte, was es von Viertklässlern zu verlangen galt. – Warnend schrillte die Glocke, die Lehrerin betrat das Zimmer, mit unnachgiebigem Morgenlächeln musterte sie ihr Reich.

Elin blieb auf der Hut. Sie wußte, wie trügerisch dieses Lächeln sein konnte; von Dauer war es nie. Schon beim Appell verfinsterte sich Frau Pulvers Miene – ausgerechnet einer der faulsten Schüler fehlte ohne Entschuldigung. Sie begann an ihrem Haar zu zupfen, das schwarz vom Kopf abstand, im Bürstenschnitt. Einzeln betrachtete sie jedes ausgerissene Härchen und schnaubte dabei. «Hefte einsammeln», befahl sie. Jörg, der Bub des Gärtners, beeilte sich. In seinem Eifer ließ er eins fallen. Frau Pulver schrie, Jörg mußte die Aufsätze an die Schüler zurückverteilen. Er hatte alles verdorben.

«Antreten!»

Stumm stellten sich die Kinder auf, die Buben zuerst, dann die Mädchen. Elin war feige, sie bildete den Schluß der langen Reihe, hinter ihr war niemand, nur die Wand.

Frau Pulver trommelte mit dem Rotstift auf den Tisch. Die deutsche Sprache ging ihr über alles, Fehler duldete sie nicht. In der Freizeit schrieb sie Dramen in Versform, dafür war sie bekannt. Mit dem ersten Aufsatz ließ sie sich Zeit, sie korrigierte. Elin wagte nicht, nach vorn zu schauen. Es blieb still, vielleicht ging alles gut. Da klatschte die Ohrfeige. Frau Pulver schlug hart, und mit jedem Mal wurden die Schläge heftiger. Ihre Wut wuchs mit den Tränen der Kinder; jedes wurde bestraft, es waren einundzwanzig, die Korrektur dauerte den ganzen Morgen. Wenn die Pausenglocke läutete, schnaubte sie sehr laut und machte weiter. Um den Stundenplan kümmerte sie sich nicht an solchen Tagen. Mit den Buben war sie fertig. Die Mädchen weinten, schon bevor sie an die Reihe kamen. Als Elin vor dem

Pult stand, war es Mittag. Frau Pulvers Augen glitzerten. Elin sah hinein: es waren keine Augen, es waren Knöpfe aus gelbem Glas. Die Hand der Frau blieb auf dem Tisch, umkrallte Elins Heft und warf es durchs Zimmer, wie man einen Stein ins Wasser wirft, flach, mit großer Kraft, damit er tanze. Den Aufprall hörte Elin nicht.

Die dämmrigen Gänge waren leer und widerhallten. Als sie um die Ecke bog, konnte sie die Tür sehen, grau schien der Tag durch das runde Oberlicht. Elin holte Luft. In diesem Moment vernahm sie die andern Schritte, sie näherten sich. Frau Pulver ging hinter ihr; sie spürte die Kälte im Rücken, aber sie drehte sich nicht um und rannte nicht.

Es gab kein Entkommen, zwei Schreckensjahre noch war sie in ihrer Gewalt, und am Ende der unzählbaren Tage wartete das Gespenst der Aufnahmeprüfung.

Beim Mittagessen schwiegen die Eltern. Sie hatten sich gestritten, sie sahen Elin nicht. Erst als Ruth das Geschirr abräumte, bemerkte sie den vollen Teller des Kindes. «Hast du wieder Bauchweh?» fragte sie gereizt.

Bei Tisch geschah es häufig, daß ein Schmerz in seinem Bauch wühlte, ein Messer. Der Vater trug es dann mitsamt dem Stuhl zum Kanapee; es konnte sich nicht rühren. Mama brachte heiße Umschläge und Kamillentee.

Elin biß sich auf die Lippen. Sie hätte nicken sollen, jetzt war es zu spät. In einer Stunde mußte sie wieder in der Schule sein. Beim Abschreiben des Aufsatzes in ein neues Heft kamen Elin die Augen in den Sinn; angestrengt dachte sie nach.

Um zehn vor zwei stand sie vor dem Klassenzimmer bei den andern, ein wenig abseits, allein mit Frau Pulvers Geheimnis. Und da sie es nie verriet, mit der Zeit sogar lernte, mitten hinein in die gläsernen Knöpfe zu lächeln, war sie in Sicherheit.

Allerseelen

Im Herbst fing Roberts Sterben an. Seit einem Jahr lag er im Bett beim Fenster, alabasterweiß, ein König.

Er litt keine Schmerzen, er spürte seinen großen Körper nicht; was in quälte, war der Geist. Immer war er stolz gewesen auf seinen Verstand, im Wachen arbeitete sein Hirn tadellos, aber im Traum sah er den Schatten der Mutter. Davor graute ihm. Er befahl Lydia, ihn am Schlafen zu hindern. Sie las ihm vor, erzählte vom Kind und dem guten Louis, fütterte und streichelte ihn. Bei ihr wollte er bleiben, unbedingt. Wenn er erwachte und sie nicht da war, weinte Robert. Das geschah selten, Lydia ließ ihn nicht im Stich. Nur an den Sonntagen machte sie eine Ausnahme; spätabends, wenn seine Atemzüge tief und regelmäßig geworden waren, ging sie lautlos hinauf in den dritten Stock. Während das Badewasser einlief, lauschte sie im Treppenhaus, ob Robert nicht riefe, dann erst stieg sie in die halbgefüllte Wanne. Das Wasser brannte auf der Haut, ihre Lider waren aus Blei.

Unaufhörliches Klopfen brachte sie zu sich; jedesmal schämte sie sich ihrer Schwäche. Und vor dem Kind.

Elin hatte gelernt, auch nachts allein zu sein. Sie wußte, warum Lydia beim Onkel blieb. Bald starb er, und sie war froh, daß er es nicht am Ende des Ganges tat, hinter der Tür, an der sie vorbei mußte.

Dennoch fiel ihr das Warten schwer, ohne Sonntag hätte sie es nicht aushalten können.

Lydia war gekommen. Milchlicht floß durch das Glasquadrat der Badezimmertüre, jetzt drehte sie den Wasserhahn zu, es plätscherte, manchmal seufzte sie, dann war es still. Elin lauschte angestrengt. Ein wenig Zeit mußte sie ihr lassen, Lydia liebte es, in der Wanne zu liegen, aber wenn sie ertrank, war Elin schuld. Auf Zehenspitzen schlich sie zum Viereck aus Licht, das sich auf dem blanken Fußboden spiegelte. Sie fror, es dauerte lange, bis Lydia Antwort gab. Nachher kam sie ans Bett mit heißen Wangen und offenem Haar und roch nach der violetten Seife; nun war es gut. Bestimmt hatte sie Robert vergessen. Aber dann schlug eine Uhr im Haus, eine schlug immer in dieser Stunde, um sie zurückzurufen, und sie löste sich. Das Kind verfolgte sie mit den Augen: wie ein großer weißer Fisch schwamm Lydia durch die Dunkelheit, hinab zu Robert.

An Roberts Tod dachte Elin oft. Es wunderte sie, daß er derart viel Zeit brauchte. Er wollte wohl nicht, es gefiel ihm da unten mit Lydia.

Auch Großvater Gottfried hatte nicht gewollt und war trotzdem gestorben, am Tag nachdem man sie an die Ringmauer mitgenommen hatte zum Abschiednehmen. Als sie ihm die Hand geben mußte, hielt er sie fest, sein Gesicht war geschwollen und rot vor Zorn. Erst nach einer Weile hatte er sie losgelassen und ungeduldig gewinkt.

Danach kam er in den Sarg. Elin war nicht traurig, Großvater mochte Särge, bestimmt gefiel es ihm. Vom Himmel hatte er nie geredet, nur vom Sarg und daß die Toten da hinein gehörten. Bis zum Jüngsten Tag. Allerdings durfte kein Grabstein auf ihm liegen, nichts unnötig Schweres, das hatte er verboten. Elin verstand es gut, bei der Auferstehung wollte er unter den ersten sein.

Sein dicker Bauch kam ihr in den Sinn und wie gern er gegessen hatte. Er liebte Gerstensuppe und Kutteln; darauf waren sie beide ganz versessen gewesen, bis er Elin den Appetit verdarb. «Weißt du auch, was das ist?» fragte er. Elin wußte es nicht, sie mochte Tomatensauce und den elastischen Widerstand, den die Kutteln ihren Zähnen boten, daß es knirschte. «Es sind Därme», sagte der Großvater, legte den Kopf in den Nacken und lachte, «Därme von toten Kühen!»

Würgend war Elin in die Küche gerannt. Kutteln gab es nie mehr, wenn Elin zu Besuch kam, und nach Großvaters Tod war ohnehin alles anders. Man saß nicht mehr am weißgedeckten Stubentisch, sondern in der engen Küche, darin verbrachte Großmutter den ganzen Tag. Ihr Benehmen war sonderbar; sie vergaß die wichtigsten Dinge – daß es Essenszeit war und Elins Namen.

Schrecklich war, wenn sie laut und ungeduldig nach Gottfried rief.

Die Kusinen kamen nie in die Küche, sie rannten daran vorbei. Das erboste die Großmutter, sie schüttelte die Faust. Elin aber beschenkte sie, jedesmal mußte das Kind das Geld nehmen, sonst ließ sie es nicht fort. Sie tat niemandem etwas zuleide außer Philipp. Ihn versuchte sie zu fangen. Stundenlang lauerte sie auf den kleinen Bub.

Eines Tages war sie nicht mehr da. Man hatte sie geholt und in die Anstalt gebracht. Philipp war mit dem Schrecken davongekommen: die Großmutter hatte ihn erwischt und die Treppe hinuntergestoßen.

Es war Nebelzeit, das Laub dunkelte; gegen Mittag, wenn blaue Löcher sich auftaten am Himmel, flammte es feuerfarben. Noch fielen die Blätter nicht.

Daheim wartete ein Paket auf Elin. Fast ein Jahr hatte sie nichts vom Paten gehört, Geburtstag und Weihnacht vergaß er, es war ihr gleich. Seine Geschenke waren unvergleichlich, sie kamen von der andern Seite der Welt. Die türkisblauen Indianerschuhe hatte er aus Kanada geschickt und geschrieben, er bleibe in den Wäldern. Das war nach dem Tod seiner Frau gewesen. Elin hatte sie nur einmal gesehen und sich gewundert, daß Hermann keine Angst hatte vor der Strengblickenden. «Ma Douce» nannte er sie, dabei hieß sie Tante Jeanne. Sie konnte nur französisch und ging in die katholische Kirche. Es sei ein Unglück, sagte die Mutter, daß Hermann mit ihr ging.

In Kanada gefiel es ihm, er zähle die Bäume, sagte er in seinem letzten Brief. Danach verschwand er. Aber jetzt war er zurück in der Schweiz, im Kloster.

Das Geschenk mußte zerbrechlich sein; vergraben unter Papierschnitzeln ruhte es auf weißen Kerzen, ein flaches Kästchen. Öffnen ließ es sich nicht, es war ein Bild, von Glas umschlossen. Ein Mann lag unter Tannen auf dem Bauch, er blutete aus vielen Wunden, dennoch schien er sich zu freuen, mit verdrehtem Kopf blickte er hinauf zu der Hand, die ihm aus einer Wolke winkte.

Es sei Sankt Meinrad, der Klostergründer, von Räubern erschlagen im finstern Walde. Und obwohl er seit mehr als tausend Jahren tot war, würde er Elin beschützen, schrieb Hermann, und daß die Kerzen geweiht seien. Weiterlesen konnte sie nicht. Der Vater nahm ihr den Brief fort, bleich vor Zorn.

Es war gut, daß der Vater nie in ihr Zimmer kam; seinem Verbot zum Trotz hatte Elin die Sachen mitgenommen. Sie gehörten ihr. Die Kerzen versteckte sie in der Spielkommode, das Bildchen hinter dem Vorhang. Hier war der Heilige sicher am Tag, nachts kam er zum Vorschein und wachte über sie. Er half.

Friedhofsgesellschaft nannte Robert die Familie. Es ging bergab auf jeder Seite, vor allem mit den Zumbachs. Die kläglichen Nachrichten aus Otzwil gaben ihm recht. Auch an der Ringmauer stand es nicht zum besten, die Untat Frau Tanners bereitete ihm großen Genuß. Seine Spottlust war ihm geblieben; wenn er lachte, lachte auch Lydia, rücksichtslos. Was draußen vor sich ging, betraf sie nicht, ihre Welt war das Haus. Wirklich zählte nur Robert und ihr Zusammensein. Dabei ließ sie sich ungern stören, Besucher wies sie ab, bis sie ausblieben. Niemand betrat die Stube ohne ihr

Wissen, sie verschloß die Türe, nur Küche und Durchreiche standen offen, Elin zuliebe.

Das Kind kam ohne Lärm. Wenn Lydia seinen Blick spürte, wußte sie nie, wie lange es sie schon beobachtete, das Kinn auf die Fensterbank gestützt. Da hinauf reichte es jetzt, es war gewachsen. In solchen Momenten schwankte Lydia; es trieb sie zum Kind.

Sie forschte in Roberts stillem Gesicht, überzeugte sich, daß er schlief. Aber wenn sie aufstehen wollte, schlossen sich seine Finger um ihren Arm. So hielt er sie zurück, jedesmal.

Wenn sie ihm die Mittagssuppe eingeflößt hatte, aß Lydia was übrigblieb, an seiner Seite, das Geschirr auf dem runden Tischchen, das sie aus der Laube geholt hatte.

Danach ruhten sie, Lydia aufrecht im Stuhl sitzend, das Kanapee versagte sie sich; sie wäre eingenickt.

Gleichzeitig schreckten sie auf: Eine Türe wurde zugeschlagen über ihnen, Louis' Schimpfen war zu hören und dann seine hastigen Schritte. Er nahm zwei Stufen auf einmal, stürmte durch den Gang in die Küche. Rot im Gesicht winkte er durchs Fenster, in der Hand einen Brief.

«Du hast den Onkel geweckt», sagte Lydia böse, «was gibt's?» Louis holte tief Luft, seine Stirn warf Falten, die sich über den Schädel zogen. «Von Hermann», keuchte er, «es ist eine Schande.» Wortlos nahm sie den Brief und schloß das Fenster mit einer heftigen Bewegung.

Robert schmunzelte. Die Mißgeschicke Hermännchens erheiterten ihn; je bunter er es trieb, desto besser. Selbst daß er nach dem Tod der Dame ihr ganzes Vermögen durchgebracht hatte, verzieh er ihm, jetzt, wo er selber nichts mehr damit anfangen konnte. Geld war ohne Bedeutung, wenn es nichts zu kaufen gab. Den Zumbachs allerdings gönnte er Hermanns Leichtsinn von Herzen und hatte bedauert, daß es still geworden war um ihn.

«Lies vor», sagte er neugierig, seine Augen glänzten.

Er langweilt sich, dachte Lydia, die Abwechslung wird ihm guttun. Sie täuschte sich nicht, Robert begann zu kichern, begleitete ihr Vorlesen mit spöttischen Bemerkungen, daß sie eine Pause machen mußte vor Lachen. «Köstlich», rief er, «einfach unbezahlbar, Hermännchen als Laienbruder! Geschieht ihm recht, dem guten Louis.»

Er hustete, Lydia blickte auf. Ein Grinsen entstellte Roberts Gesicht, er atmete mit gurgelndem Geräusch, es ging vorbei. Wieder war er schön, aber er schwieg. Robert hatte die Besinnung verloren.

Geloplegie nannte es der Arzt, Lachschlag, und daß es nicht mehr lange daure. Er leide nicht.

Lydia wußte, daß er fror und sich fürchtete in seiner Ohnmacht. Sie legte sich zu ihm, das erste Mal, wärmte ihn mit ihrem Körper und tröstete ihn, den Mund dicht an seinem Ohr. Robert verstand jedes Wort.

Die Novembernacht kam, die lange Nacht, in der

Robert noch einmal erwachte und sie beim Namen nannte. In seinen verschatteten Augen sah sie, daß er sie erkannt hatte. «Es ist gut», murmelte sie, hielt seinen Kopf, wiegte ihn, «schlaf jetzt, schlaf.» Gegen Morgen spürte Lydia die Kälte seines Leibes, sein Gesicht schimmerte in der Dämmerung.

Elin hatte es sich anders vorgestellt. Seit der Lektüre des unseligen Briefes war Lydia unsichtbar geblieben, sie badete nicht mehr, sie war bei Robert Tag und Nacht. Sogar das Küchenfenster hatte sie zugemacht. Im Haus war es beklemmend still. Jetzt starb der Onkel wirklich, und vor dem toten Onkel fürchtete sich Elin im voraus. Er würde vom Friedhof zurückkehren in die Stube, er hatte keinen andern Ort, der ihm gefiel, nur Lydia. Besser war, wenn er am Leben blieb, darum bat Elin, aber niemand hörte sie, der Heilige nicht und der Heiland nicht.

Sie hatte gelernt, lautlos die Treppe hinaufzurennen. Die Tür zum ersten Stock war immer geschlossen, heute stand sie einen Spaltbreit offen, dahinter wartete Lydia. Es gab kein Entrinnen. «Komm», sagte Lydia, «du mußt ihn sehen. Er ist so *schön!*» Betäubt folgte ihr das Kind durch den finsteren Gang.

In der Stube roch es, Elin atmete durch den Mund. Im Bett beim Fenster lag Robert mit strengem Gesicht; aus der Wachshaut strömte phosphoreszierendes Licht, umgab die Gestalt mit grünlichem Schimmer, umzitterte sie. Auch die Stille im Zimmer war grün. Und jeden Moment konnte Robert die Augen aufschlagen, Elin sah seine Lider zucken, das war das schlimmste.

Lydia blickte nicht auf, als Elin zu laufen begann, sie hatte sich über den Toten gebeugt und bedeckte sein schreckliches Gesicht mit Küssen.

Drei Tage lag er aufgebahrt. Lydia hielt Wache, sie weinte nicht, sie leistete Robert Gesellschaft.

Die Stube war mit Blumen überfüllt, selbst der Gang; in einer Reihe lehnten Kränze an der Wand, die Luft war geschwängert vom Liliengeruch.

Wenn Ruth das Essen brachte, erlaubte Lydia, daß ein Fenster geöffnet wurde. Ruth mußte das Tablett auf das Tischchen stellen, am Kopfende des Bettes, und warten.

Scheu setzte sie sich auf das Kanapee, bemüht, nichts zu sehen, aber ihr Blick wurde unwiderstehlich angezogen von Lydia, die gehorsam aß, die Leiche neben sich. Auf dem Tischchen stand ein Lilienstrauß, darauf versuchte sich Ruth zu konzentrieren. Unerklärlich war ihr, daß sich die Blumen bewegten, sachte, dann heftiger – bis sie begriff. Eine unsichtbare Hand spielte damit.

«Siehst du», sagte Lydia triumphierend, die Augen starr auf die Blumen gerichtet. Einen Atemzug lang tanzten sie in der Luft.

Ruth weigerte sich, das Zimmer vor der Beerdigung noch einmal zu betreten. Es war an Louis, der Tante ihre Mahlzeiten zu bringen.

Lydia blieb unten wohnen, sie schlief in Roberts Bett. Auch tagsüber fühlte sie seine Nähe; die Wand, die sie trennte, war dünn.

Sie veränderte nichts. Neu war die Totenmaske auf dem Klavier neben der Muschel, die stetes Meeresrauschen in sich barg. Oft stand Lydia, das Gesicht an der kühlen Glätte der Perlmutter, und lauschte. Sie hatte Zeit.

Leid tat ihr, daß das Kind sich fürchtete im Zimmer, mit ihm hätte sie ihre Freude gerne geteilt. Lydia stellte keine Fragen, sie machte sich in der Küche zu schaffen und verschloß die Durchreiche, wenn sie seine Schritte vernahm. Es half, das Kind kam. Zusammen tranken sie Lydias heißen Tee. Davon nährte sie sich, von Tee und Brot, kochen mochte sie nicht; sie tat, was ihr gefiel.

Das Haus gehörte nun Lydia. Louis und Ruth hatten gehofft, daß sie ihnen ihre Schlafstube überlassen würde; an Roberts Bureau war nicht zu denken, sie behandelte es wie ein Heiligtum. Aber als Louis vom leeren Zimmer zu reden anfing, unterbrach sie ihn kopfschüttelnd: «Seine Kleider sind dort, und die meinen! Du verstehst mich doch.» Louis schwieg, die starre Helle ihrer Augen erschreckte ihn; Ruth hatte recht, die Tante benahm sich sonderbar, am Ende würde sie noch den Verstand verlieren. Dennoch beherrschte ihn das Gefühl, daß sie stark sei, erfüllt von unbegreiflicher Kraft. Und daß er nichts gegen sie vermochte.

Immer hatte Lydia ihr Magenweh mit heißem Tee betäubt, doch der Tee half nur noch für Augenblicke, dann war der Schmerz wieder da, im Bauch jetzt, fraß sich durch ihren Leib hinab und blieb.

Als sie zu bluten begann, ging sie endlich zum Arzt. Es war zu spät. Lydia bat um starke Mittel, ins Krankenhaus wollte sie nicht. Die weißen Tabletten, zu groß, um ganz geschluckt zu werden, brachten Erleichterung. Ihre Schwäche nahm zu, das Verlangen nach Schlaf, aber sie wartete gerne, ihre Zeit gehörte dem Kind. Seinetwegen hielt sie am Sonntagsritual fest; sie badete nicht, dennoch ließ sie Wasser einlaufen, saß gekrümmt auf dem Wannenrand und machte plätschernde Bewegungen mit der Hand. Dann zog sie den Stöpsel wieder heraus und rief das Kind. So blieb der Sonntag ihr heimliches Fest.

Neu war, daß Elin ins Bad gehen und Lydia beim Kämmen helfen durfte, vielleicht, weil ihr Haar noch länger geworden war; es wuchs dem Boden entgegen.

Aber es fiel aus, büschelweise blieb es in der silberbeschlagenen Bürste hängen, bei jedem Strich.

Elin erschrak, sie sah Lydias Schultern zucken und wußte nicht, ob sie weitermachen sollte. «Tut es weh?»

fragte sie scheu. Lydia gab keine Antwort, sie hatte ihr Gesicht mit den Händen bedeckt.

Am nächsten Sonntag entfernte Elin einen Großteil der Haare hinter ihrem Rücken und versteckte sie im Ärmel ihres Pyjamas.

«Siehst du, es ist besser geworden», sagte sie und streckte ihr die Bürste entgegen. Lydia gelang ein Lächeln, das nichts verriet.

Sie verließ das Haus nicht mehr. Was sie zum Leben brauchte, besorgte ihr das Kind, und sie lachten über den immergleichen Einkaufszettel, den sie mit Bleistift auf liniertes Papier schrieb: Brot, dunkles, und Tee; manchmal Zucker, ein halbes Dutzend Eier. Das Salz, das ihr blieb, würde reichen.

Einzig für Weihnachten wurde die Liste länger, und für Elins Geburtstag. Dann kochte Lydia, benötigte Zutaten mit fremden Namen, Gewürze aus dem Morgenland, aus Spanien und Otzwil.

Elin war elf Jahre alt, Lydia wurde sechsundsechzig. Ihr Geburtstag war im Mai, aber sie wollte ihn jetzt schon feiern, zusammen mit dem Kind.

Zur Überraschung aller hatte sie den Tisch in Roberts Bureau gedeckt und eine der seltenen Flaschen aus dem Keller geholt. Der Wein färbte ihre Wangen. Sie ist wieder gesund, dachte Elin, der Liebe Gott hat endlich doch ein Wunder vollbracht.

Lydia übersah Louis' Stirnrunzeln, sie füllte auch Elins Glas und verlangte, das Kind solle mit ihnen anstoßen, es sei alt genug.

Als Ruth und Louis das Bureau verließen, machte sie die Tür hinter ihnen zu; ihr Gesicht war wieder ernst und bleich. «Gib acht», sagte Lydia. Sie holte einen sonderbar geformten Schlüssel aus dem Geheimfach, erklärte, wie man den gepanzerten Schrank damit öffnete. Elins Herz klopfte laut; sie wußte vom Ring, der ihr gehören sollte, wenn sie groß war, jetzt lag er vor ihr. Sie sah ihn durch einen Schleier, vergeblich versuchte sie, die Tränen zurückzuhalten. Elin wollte den Ring nicht, sie wollte Lydia.

Der Frühling kam, der Mai, der Sommer, Lydia blieb; sie wanderte im Haus. An Föhntagen stieg sie hinauf ins Dachzimmer, um die Berge zu betrachten, die nah und gleißend über dem Süddach sich zeigten. Elin begleitete sie, sie redeten nicht, sie gingen Hand in Hand.

Roberts Bild löste sich von der Wand, in den folgenden Nächten ging Lydia auf Schlamm; sie erinnerte sich der Zeichen und begann, auf das Klopfen zu achten, doch das Haus schwieg.

Allerheiligen fiel auf einen Sonntag.

Lydia schleppte das runde Tischchen von der Stube bis in die Laube – der Gang kam ihr lang vor – und kochte Tee. Die Anstrengung nahm ihr den Atem, ihr schwindelte, aber als das Kind kam, saß sie sehr gerade auf der Zwillingsbank.

Elin wußte, daß sie nicht weinen durfte. Sie flocht den Zopf, und als Lydia darum bat, obwohl es Abend war, steckte sie ihn fest zum Kranz, bemüht, die gelichtete Stelle am Hinterkopf zuzudecken. Nun war es gut. Lydia lächelte.

«Hör zu», sagte sie.

Elin versteifte sich, aber Lydia redete nicht vom Kommenden, sie erzählte von Otzwil.

«Gotte, die Schwester meines Vaters, verlor ihre Haare im Feuer. Sie wuchsen nicht nach, auch Wimpern und Brauen nicht; sie blieb kahl. Gotte hatte einen Vogelkopf; manche Zumbachs sind wie Vögel. Bis das neue Haus gebaut war, mußten wir im Stöckli wohnen. Da war es eng, es gab nicht genug Zimmer für uns alle. Gotte und ich teilten uns die kleine Kammer, das gefiel mir. Ich hatte sie lieb, sie glich Vater, in der Art, im Lächeln. Reden konnte sie nicht und hören nicht, sie las von den Lippen, und ich verstand ihre Fingerzeichen.

Vor dem Schlafengehen stellte sie die Pantoffeln exakt nebeneinander im rechten Winkel zur Bettstatt, anders kam sie nicht zur Ruhe; sie meinte, sonst nicht zu erwachen am nächsten Tag.

Dann wurde sie krank, vielleicht wegen der Brandwunden, die nie recht heilten oder wegen Vaters Roß, das im Feuer umgekommen war, Bohemia. Eines

Abends verlangte Gotte ihre Schuhe, die Sonntagsschuhe mußten es sein, unbedingt. Geheuer kam es mir nicht vor, aber ich tat ihr den Gefallen. Dabei muß ich die Pantöffelchen – Gottes Füße waren winzig, klein wie nur ein Kind sie hat – vom rechten Platz gerückt haben. In die falsche Stellung, verstehst du.»

Eine Weile blieb es still in der Laube bis auf den Regen, der gegen die Scheiben schlug.

«Und dann?» fragte Elin. Ihr Tee war kalt geworden, Lydias Tasse war leer. Sie saß jetzt zusammengesunken, doch sie schlief nicht, ihre Augen waren offen und glasklar.

«Dann», sagte sie, «starb Gotte.»

Lydia wollte nicht, daß Elin bei ihr bliebe, versprach, auch gleich ins Bett zu gehen und an die Decke zu klopfen mit Roberts Stock, wenn sie etwas brauchte. Bestimmt würde Elin sie hören.

Der Sturm rüttelte am Fenster, Elin lag wach und lauschte. Das Haus war in Aufruhr, der Boden seufzte, ein Zittern lief durch die Wände; klopfen hörte sie nicht.

Sie schlief ein, weil der Morgen kam.

Der Wind hatte sich gelegt, es war heller Tag. Frühling. Von der Anhöhe aus überblickte Elin das Tal. Der Fluß trennte sie; Lydia war auf der andern Seite bei den Blumen. Sie wanderte flußaufwärts, von ihr fort, mit ruhigen Schritten. Elin stand gebannt. Lydia ging, hochaufgerichtet. Sie blickte nicht zurück, ihr Haar glänzte in der Sonne, kupferfarben. Und sie ging mit nackten Füßen.

ROSEMARIE KELLER

Die Wirtin

Roman über die Schweiz im Zweiten Weltkrieg

207 Seiten. pendo pocket

DM/sFr 14,90

In den vierziger Jahren, während der Zweite Weltkrieg Europa verheert und die Vernichtung der Juden ihrem grauenvollen Höhepunkt zustrebt, scheint das Leben im Hotel »Rosenlaube« im Schweizer Kurort Baden eine Idylle zu sein. Doch der Schein trügt. Im Kopf des Kindes, aus dessen Perspektive zum Teil erzählt wird, setzen sich Wörter wie »Krieg« und »deportieren« fest. Denn unter den Gästen befinden sich Offiziere der geflüchteten polnischen Armee und jüdische Flüchtlinge. Couragiert bürgt die Wirtin immer wieder für sie.

»Ein wunderbares Buch, ein Buch, das man nicht nur einmal liest.«
(Barbara Traber, Badener Tagblatt)

JEHUDA AMICHAI

Nicht von jetzt, nicht von hier

Roman

405 Seiten. pendo pocket

DM/sFr 19,90

In dem Roman verarbeitet Amichai (im Buch »Joel«) eine Reise nach Würzburg im Jahr 1958, seine erste Wiederbegegnung mit der Heimat nach der Emigration. Im Zentrum steht die Suche nach Spuren der Jugendfreundin Ruth, die im Konzentrationslager ums Leben kam. Joel will an ihren Mördern Rache üben, muß aber erkennen, daß es dafür zu spät ist, denn, so Amichai, »wie eine große Liebe kann man Rache nicht aufschieben.«

»Dieser große, formal innovative Roman gehört zu den aufregendsten Werken der hebräischen Literatur der letzten Jahrzehnte.«
(New York Times Magazine)